CB134060

TRÁGICO

TE TRO
A

CONTEMPORÂNEO

Carmem Gadelha

Trágico teatro contemporâneo

numa

2024

Dedico estas desrazões
ao pequeno Rei Arthur;

ao Café, meu amor feito da matéria concreta
dos sonhos de nós dois.

Agradeço a
Hena Lemgruber
Sylvio Gadelha
Gabriela Lírio
Elizabeth Jacob

divido com eles a dor e a alegria de viver e pensar.

THE UNENDING GIFT

Um pintor nos prometeu um quadro.

Agora, em New England, sei que ele morreu. Senti, como outras vezes, a tristeza e a surpresa de compreender que somos como um sonho. Pensei no homem e no quadro perdidos.

(Só os deuses podem prometer, porque são imortais.)

Pensei num lugar prefixado que a tela não ocupará.

Pensei depois: se aí estivesse, seria com o tempo essa coisa mais, uma coisa, uma das vaidades ou hábitos de minha casa; agora é ilimitada, incessante, capaz de qualquer forma e qualquer cor e não atada a ninguém.

De algum modo existe. Viverá e crescerá como uma música e estará comigo até o fim. Obrigado, Jorge Larco.

(Também os homens podem prometer, porque na promessa há algo imortal).

Jorge Luiz Borges

Sumário

ATORDOADOS

> "nada [agora] será como antes amanhã"
> (Clube da Esquina)

Gustavo Chataignier*

O livro de Carmem Gadelha é, a um só tempo, de difícil catalogação e prazerosa leitura. Difícil, pois suas estratégias de escritura e argumento rodopiam diante do leitor no intento de decifrá-las; prazerosa, pois se é recompensado com o sabor da forma, nos levando para além das coordenadas básicas de localização (autor, texto, obra). Quiçá uma aproximação pertinente seja a de uma "filosofia do teatro". Mas de qual filosofia se trataria? E de qual teatro? Claro está que não há "a" filosofia e, tampouco, "o" teatro. Uma perspectiva de elogio da multiplicidade impede o fechamento da linguagem sobre si mesma. Mais do que uma constatação empírica da variação histórica de gêneros e estilos, é questão de um gesto de universalização, ou seja, de definição (não identitária): ao se atribuir a primazia da diferença e da diferenciação, a

* Professor do Departamento de Filosofia da Universidad Católica del Maule, Talca, Chile.

autora, em gesto eminentemente especulativo, fornece a condição da manifestação das peças particulares. Em suma, faz filosofia.

Um tal projeto não é de todo exterior a uma certa história do teatro. Não aquela linear e com causalidade imediata e temporalmente identificável (o movimento B vem do movimento A), mas, antes, uma constelação de manifestações que, juntas, formam uma constelação – ou reúnem-se, ainda que desprovidas de corpo, propondo novo funcionamento em relação ao seu primeiro surgimento (ou origem). Não se retorna à origem: é ela que retorna, sempre outra, modificando-nos. Nisso consiste sua potência de atualização, que faz dos gregos nossos contemporâneos. Daí seu (não) título, no que pese a arte gráfica de Hayle Gadelha. Como lê-lo? *Trágico teatro contemporâneo*, em chave linear, segundo a ordem de aparecimento dos signos? Se perde o teatro para recompor-se, em nossos dias? Ou, antes, seguindo a orientação da cor mais quente, cone de luz que momentaneamente nos ilumina e reorganiza o espaço, "Teatro trágico contemporâneo"?

O junguismo aristotélico de jornadas e ações edificantes, a bem da verdade senso comum, passa ao largo das exposições aqui reunidas. O arco narrativo é antes uma imagem e, heraclitianamente, uma tensão do presente consigo mesmo, em regime de não-identidade. Repetição não-Histórica, ativada pela contingência dos encontros, que gira, sem centro, em torno do presente, que se desfaz. Melhor: a metafísica da repetição é acionada pelo efêmero da história. Vê-se a articulação construída a partir da crise que vai da tragédia à morte de Sócrates e Cristo e abre o horizonte do drama de martírio. Nesse movimento está uma imagem do pensamento, a do Ocidente. Com suas linhas de fuga a traçar outros contornos e, portanto, dicções: a imagem já não ilustra, mas, antes, é imanente. O arco, em seu giro, estabelece o espaço de vertigem do zero, no qual tudo pode (re)começar e ser. Está-se no bojo do dispositivo teatral: "Compreendidos como materializações da ordem do mundo, sujeito e objeto exibem-se para dar visão de si: o palco é tecnologia de poder e narrativa"

Texto que nos surpreende, interpela com referências múltiplas, de proveniências igualmente díspares e destino incerto. Salteadores na estrada, na voz (ou fantasma) de Walter Benjamin. Segundo Bergson (mas também Einstein, a depender da fonte e ao se esquecer o Google, ainda que por um átimo), todo autor se repete, com uma só questão. Analogamente, Ingmar Bergman (e, pasmem, o tal do Chacrinha!), repetiram, em coro, que suas respectivas missões era (ou é) a de confundir. Mais que essência ou caráter, a reiteração do gesto institui um estilo, deixa marcas, faz personagens.

Este volume reúne, à guisa de busca de exemplaridade, duas grandes linhas de texto – a saber, a dionisíaca e a apolínea. Nesta última seara, englobamos o discurso de titularidade na Escola de Comunicação da UFRJ, bem como o texto sobre Nelson Rodrigues. Enquanto o primeiro compreendia uma trajetória não só de trabalho, mas de vida dedicada ao teatro, o segundo se mimetiza com a peça, em uma hermenêutica que retira das linhas e das cenas a força de conceitos encarnados. No caso, o retorno infernal de uma memória convertida em vingança. "A memória, feita também de esquecimento, abriga *alétheia* (revelação e ocultação da verdade): arcaísmo da aparição, entrelugar do passado--quase-presente; do ainda-não e do agora, do não-mais". Na referida obra, a verdade é a do racismo.

Os demais textos, quanto a eles, trabalham livremente com cortes e montagens, fornecendo sínteses disjuntivas entre disciplinas e campos, bem ao modo contemporâneo investigado a partir do teatro. Em uma palavra, dionisíacos. Se nos é permitido um breve aporte pessoal, somos também, em certa medida, devedores desse estilo, dessa estratégia discursiva. Ainda jovem graduando, recorremos à Professora Carmem Gadelha em busca de auxílio em textos sobre Bergman e Fellini. Uma mirada retrospectiva, alimentada pela leitura do presente volume, nos propõe uma constelação que liga nossos textos sobre os cineastas Eugène Green, Miguel Gomes e Ingmar Bergman com o ensaísmo aqui considerado. Por isso só podemos agradecer a leitura.

O programa conceitual posto é reverter Platão (deleuzismo), mas também Aristóteles (Rancière, ainda que não seja diretamente tematizado). Os elementos sensíveis, aptos a que um "objeto" surja e seja nomeado – a saber, corpo, espaço e tempo – vêem-se tensionados entre os polos, senão fundadores posto que não gregos, ao menos repetidores privilegiados, nas figuras de Wagner e Artaud, em uma dialética entre continuidade e ruptura (aquela vem desta). Aqui jaz uma aguda percepção de Carmem, ao não descartar aprioristicamente a dimensão da continuidade. Afinal de contas, ela faz durar e salva do esquecimento. No primeiro Nietzsche, descolado da autoleitura de *Ecce homo* na qual se vê como dualista, ao se seguir Roberto Machado, é possível buscar um Dioniso filósofo ou um Sócrates músico; o decisivo é manter os extremos e não pôr "panos quentes" na dialética, como bem o ensinou Kierkegaard. Por quê? Para que haja peça, simples. E não somos nós quem o dizemos: "A máquina de guerra solapa, mas também recompõe o palco para se fazer reconhecível como teatro – Artaud contra Wagner", pontua a autora. Há uma mediação alegórica, um perder-se no outro, entre os polos/paradigmas Wagner e Artaud, classicismo e devir (já que o termo "vanguarda" implica separação, distinção e comando, fazendo a noção de novidade orbitar ainda em torno de uma distinção entre logos e alogia, ou seja, uma divisão social do trabalho ou partilha do sensível restritiva, no sentido de estanque, ou melhor, controladora). Um pouco como o *free jazz*, modalidade na qual os instrumentistas começam juntos para alçar vôos próprios, os movimentos cênicos constroem imagens, em regime de desidentificação e de criação. Ou seja, subjetivações para além das determinações do cubo euclidiano consagrado por Wagner: "Appia cedo mostrou forças arquimedianas (corpo/espaço/tempo) que distinguem cena e palco", apontando para a primazia da razão prática que faz do palco, qualquer que seja, um "contradispositivo". Em suma, entre a obra de arte total e a pura presença, surge algo.

A estabilidade apolínea mantém o furor dionisíaco, em desaceleração que enseja encontros, ou seja, fiadora de uma certa (e precária) estabilidade. A pura presença sonhada por Artaud funcionaria como um horizonte kantiano, uma promessa – sem, todavia, se reduzir a mera representação, já que uma das características do contemporâneo, nos informa a autora, é justamente a do embaralhamento de fronteiras herdadas da tradição. Oposições outrora rígidas se deslocam, se apagam para em seguida se recompor em funcionamento distinto: não só sujeito (retomado via elogio a Alain Badiou e o sujeito enquanto efeito contingente de multiplicidades) e objeto, mas também público e autor ou, ainda, artístico e não-artístico. Uma vez mais Carmem não se furtou ao exercício da crítica, elegendo seus interlocutores com critério (do múltiplo, do vir a ser). Isso é tanto mais digno de nota na medida em que a chamada "crise do gênero" serve de pretexto para nivelamento e legitimação de tudo e todos – grande Salvação a despeito da manutenção de lógica teleológica aristotélica, personagens previsíveis, música conduzindo a trama etc. É questão de realização da arte no espaço do efêmero, na busca por efeitos nos corpos que transforma ou enlaça a arte da cena em *happening* e evoca seu caráter político. "A festa", de Artaud já ensinava e mostrava o teatro feito por e pleno de não-teatro. Por isso os *Náufragos*, pisoteados, emergem; não por outra razão o *Panidrom*: "Os grupos se encontram [em um dos *campi* da UFRJ] em feixes narrativos para dispersá-los em seguida, com a correria. A geometria é operatória e arquimediana (força sobre a matéria)"; nesse rol de afinidades eletivas, fulgura *Amazona*, ensaiada e apresentada no espaço público, recosturando a cidade.

Outro elemento destacado por Carmem enquanto constitutivo do contemporâneo seria a presença do coro. Sua leitura faz eco aos estudos de Peter Szondi, sobre o trágico, que não se reduz a normas para a construção da tragédia ou o elenco de certo número de obras particulares, mas aponta para a condição humana e para um Fora, a exterioridade. "A personagem perde profundidade histórica e psicológica, assumindo espessura de simples figura (máscara, alegoria)", explica. O sentido, sempre da ordem da construção, faz com que o público se indague sobre sua posição, abrindo uma brecha para uma troca de lugares, ou seja, fazendo com que se exerça a passividade de ser e sentir no seio da trama. O uso do tradicional palco italiano "arborescente", no sentido de unificador de temporalidades e doador de sentido, não implica, todavia, que a reterritorialização seja uma pura e simples volta ao aristotelismo das ações que chegam a seus fins.

O atual, mais do que um somatório de *gadgets* ou a série mais comentada, passa por uma hibridização de tradições, promovendo um encontro entre Grécia, cristianismo e paganismos. Tal enlace se dá com o Barroco, operador do trágico, já que aponta para uma certa vivência do não controle da existência. Se os diálogos privilegiados eram com a dupla Nietzsche-Deleuze, o escrete ganha o reforço de Walter Benjamin, sob sua roupagem barroca e, por assim dizer, pré-frankfurtiana, se é que é possível. A figura compreensiva responde por "alegoria": "(...) se refere a *allós*, o outro; *agourein* é um falar da ágora, linguagem pública. Fala do outro, outro da fala, outro da cidade, fala do si-mesmo como um outro perfazem a reunião e o trânsito entre diferentes figuras". O enredo, quando o há, constrói a não cômoda posição de se falar na terceira pessoa e agir na primeira, numa "grande saúde". A indistinção barroca entre os mundos traz consigo a hermenêutica do pequeno, a acolhida do profano como se sagrado fosse: "Se o símbolo atrai o homem para o seu âmbito transcendente e lhe promete a estabilidade das significações e das crenças, a alegoria captura o divino e o faz terreno". Ora, assim, trazendo para perto, a profanação nada mais é do que o uso comum; o sagrado é liberto, aberto a novos usos. A relação opositiva, ou melhor, competitiva, é desfeita. A máscara é o comum, é um momento – e não alguma sorte de essência espetacularizada, no sentido debordiano. O teatro como experiência estética talvez se resuma a essa busca de uma subjetividade pré- e pós-individual – a diferença como condição e revelação, em retorno.

A dimensão coletiva está presente. Na impossibilidade de um "eu" que não seja fendido, a cidade, aliás nascida junto ao teatro, como é ressaltado em mais de uma oportunidade, é protagonista. O tempo se espacializa, para além de especializações. Como no barroco, não há heróis na multidão e no anonimato das ruas. Desfazer o palco é também desfazer a dualidade centro e periferia. Se a morte está sempre à espreita, ela é concomitantemente a derrocada de leis antigas. Bárbara Szaniecki tem seu estudo evocado, ao mostrar o nascimento do teatro como presença do corpo anômalo, rugoso e desterritorializado. Antes de mais nada, festivo, afirmativo: "Nele se retomam conflitos para manifestar o que a cultura clássica e de estado soberano recalcou", comenta Carmem. Caetano, em plena ditadura civil-militar, já exortava: alegria, alegria!

O contemporâneo, ainda que empiricamente feito por imagens, não parece compreender a imagem enquanto interrupção do logos. Nesse sentido, acredita Marie-José Mondzain, nossa sociedade não estaria saturada de imagens, mas de técnicas de repetição. O acaso seria o reduto da nudez trágica, o desnudar que desliga palavra e ação, sob pena de deflagrar a morte. O trânsito entre as palavras e coisas urge reconstrução; vazios, podem ser. Palavra muda, imagem icônica, sociedade do espetáculo: há vida nessa mistura. Somos, o atesta a referência a Silviano Santiago, "tecno bárbaros", aptos a uma "resposta transmoderna" (multitemporal e multicultural) às políticas identitárias inscritas na colonialidade (Grosfoguel). A cena contemporânea opera com "violações de fronteiras [que] desfazem a distinção arte/vida, atacando e empurrando para longe a representação".

Como em *Céus*, texto do palestino Wajdi Mouawad encenado por Aderbal Freire-Filho (Teatro Poeira, Rio de Janeiro), há que se buscar o "gesto hipotenusa", conviver com o diferente, fazer viver a *polis*: "Dois seres que tudo separa só podem ser unidos por um gesto diagonal que é o gesto hipotenusa". Construamos palcos e cenas, triangulares, encaixotadas ou rodopiantes. É tarefa de todos os dias, nos ensina Carmem Gadelha.

ATRAVÉS DE RIZOMAS

ENSAIOS E RECORRÊNCIAS

Os sertões, de Euclides da Cunha. *Os sertões*, de José Celso. O segundo não adapta o primeiro; eles fazem, entre si, confrontos: filosóficos, de narrativa, de linguagem. São análogos. Um pretende representar a verdade, ainda que carregada de um olhar cheio de terror e perplexidade. O outro arrasta a representação aos seus limites, explodindo os contornos de Canudos até onde se reconhece um Brasil inteiro (porém aderindo a seu próprio inacabamento) canudense – desde sempre, uma chaga exposta e cheia de pus, sangue e carnaval. Os análogos são, também, as parábolas (rizomáticas) de José Celso, expandidas sobre o território (mítico mais que histórico) de Canudos.

O jagunço tem origem de pelo menos três séculos, à altura da guerra. Ele é português herético ao lado de índios e negros –

todos abandonados, uma múltipla *arkhé*. Diz Euclides que a seca é uma "variante trágica" a exigir uma "resistência impossível" àqueles que contam apenas com crenças e augúrios – heróis no enfrentamento da terra. A seca tem, então, dimensões cósmicas e místicas, que (des)regulam a existência e se abrem a todo devir. O isolamento manteve as memórias da Inquisição, os milagres e alucinações, os agouros, combates de paladinos, messianismo. Martírios e loucuras se misturam no catolicismo. As camadas arcaicas e os estratos rochosos se condensam em Antônio Conselheiro e se espelham nos fanáticos, que transitam em mão dupla: eles se amparam no profeta e regulam o seu ascetismo, evitando-lhe o desvario. O Conselheiro herda dos ascetas, entre pagãos e cristãos. O jagunço é descendente do aventureiro extrativista, nômade e bandeirante que resulta em "banditismo disciplinado" e militarizado pelo coronel. É na guerra que Canudos se desprende do coronelato.

Canudos é cidadela arcaica e trágica. Frágil e inexpugnável, reergue-se dos escombros. Ela é armadilha, onde os jagunços não respondem aos ataques. A cidade é ruína e emboscada amparada na paisagem. Isto serve a José Celso para expor as ruínas acumuladas em camadas de Brasil, no lugar das raízes ou composta com elas.

Ao soldado, nada resta senão evitar o adversário. A disciplina militar não dá lugar à invenção solicitada pelo desconhecimento de terreno e hábitos e astúcias. Euclides diz das vitórias esmagadoras dos jagunços e seus festejos, que dão o tom galhofeiro de uma jornada trágica e lúgubre. A situação é a de um quiasmo: a força e a fraqueza do governo atravessam a fraqueza e a força dos jagunços. O espanto dos jornais do Rio de Janeiro e de São Paulo traduz-se em manchetes alucinadas, pois, como explicar o esmagamento de forças numerosas e bem equipadas? Daí o mito da investida de monarquistas contra a República. As expedições são destroçadas por seu próprio desconhecimento das condições naturais e sociais. O isolamento secular de Canudos desmoraliza os projetos de unidade nacional. A força de canhões deveria ser capaz de trazer a civilização, a modernidade e o progresso que, supunha-se, dariam fim ao anacronismo sertanejo. Assim pensara o Padre Vieira (2000), para quem a alma indígena seria moldada "a marteladas" (*Sermões*).

O discurso desencontrado da imprensa (modernidade) soma-se e funde-se aos boatos (arcaísmos) e formam a teia narrativa a envolver Canudos – emaranhado que refaz as perplexidades postas entre os mitos e a polis. Um poder descomunal e misterioso deveria explicar o esmagamento e a humilhação dos milhares de soldados em Canudos. Máquina de guerra nômade contra o Estado sedentário (DELEUZE & GUATTARI, 1997). Uma máquina rizomática, feita de becos estreitos e tortuosos, com muitas entradas e saídas internas e externas, além da rizomatização homem/terra. A miséria dos soldados é a mesma dos jagunços, mas a República se encarrega de chamar, aos primeiros, heróis de uma nação que se alcançará por armas despedaçadoras de entranhas sempre desconhecidas.

Canudos faz vir à tona um dos aspectos principais do trágico, tal como tento tratá-lo: a presença do elemento arcaico, um processo multidirecional no tempo e no espaço, um presente feito de reminiscências mais recuadas ou bem próximas, a atuar em nós. *Os sertões* de José Celso frequenta estas páginas em muitos momentos, a repetir-se para colocar em evidência aquilo que pulsa, atualizando virtualidades. Assim se dão outras repetições de espetáculos e temas abordados neste livro, para fraturar as narrativas e fazer eclodirem as diferenças. Perdoe o leitor se me demoro em *Os sertões*. É que livro e espetáculo expõem muitos dos traços componentes de problemas qualificáveis como trágicos, fazendo o confronto entre questões da modernidade e da cena contemporânea. A meu ver, muito do que aqui aparece está presente, enquanto lógica e processo, nos demais espetáculos abordados. Uso também a possibilidade de homenagear Euclides e Zé Celso.

Aproveito para fazer uma observação a respeito das repetições apresentadas ao longo deste livro. São temas desenvolvidos em datas diferentes, ao sabor das publicações onde se abrigaram inicialmente. Eles são retomados (às vezes reproduzidos inteiros) em outros textos e novos contextos. É que a repetição se faz na diferença, porque se transmuta em afirmação da afirmação. Assim me permito brincar com as palavras de Deleuze (1996) e fazê-las minhas, de outro modo: "[...] o eterno retorno é seletivo. Não há Eterno retorno sem uma transmutação".

LINGUAGEM E REPRESENTAÇÃO

Wagner e Artaud. Linhas de fuga, repetição e diferença. Wagner anuncia (ou prenuncia) o aparecimento da encenação moderna, com acenos para as vanguardas e frequentando, ainda hoje, o imaginário de uma obra de arte total. Suas formulações provocaram tanto os primeiros encenadores quanto os da cena atual, cada um respondendo, com suas obras e reflexões teóricas, de maneira diferente a problemas inesgotáveis e irrespondíveis, em torno da pergunta "o que é a teatralidade?" Wagner estabelece os contornos e balizas que ultrapassam o território do teatro e afirmam a noção de objeto de arte, capaz de uma existência autônoma em relação ao olhar de quem o contempla.

Artaud desfaz contornos e desdenha balizamentos, em busca de uma cena de origem (nascimento e morte do teatro na *polis* grega), o instante em que a representação se faz e desfaz; um tempo presente puro, dolorosamente experimentado como impossível; uma presença sem duplicações em outro espaço que não o do corpo. Mas tempo e espaço atestam-se um ao outro, configurando-se como campo de relações dadas entre os corpos e suas imagens, gestos, afetos. São fendas e deslizamentos entre memória e linguagem, inextricavelmente ligadas. Trata-se de um ultrapassar de limites do dizível e do indizível – eterno retorno de nomeações e designações: representações.

Tento inventar (ou reinventar) uma maneira de compreender a cena contemporânea a partir da articulação entre esses dois opostos, num processo onde os extremos se tocam e se afastam. O que Artaud chamou, genericamente, de "teatro clássico" – abarcando, com a expressão, ideias como ação, narrativa, espetáculo – a todo momento se desfaz e se refaz, mostrando as marcas do choque com seu "outro", o não-teatro que pertence ao teatro.

Wagner opera segundo as matrizes dicotômicas ocidentais: particular/universal, objetivo/subjetivo, imanência/transcendência, corpo/espírito. A unidade da Natureza implica a multiplicidade de culturas, onde a universalidade dos corpos dá suporte aos espíritos particulares (CASTRO, 2018). Daí a importância do resgate da "alma alemã". Além das narrativas wagnerianas, fantasias em torno do passado "comum" à germanidade são materializadas pela arquitetura de Bayreuth.

Artaud quer o "real", as coisas e os corpos eles mesmos. Investe contra a duplicação do mundo em signos que afastam a realidade, porque a descontinuidade impede a inteireza signo/coisa e veta a experiência de si que vai além do inteligível. Artaud aponta uma cena de falência do moderno, em sua vã promessa de tudo explicar pela ciência. Seria coincidência ou acaso seu convívio no mesmo espaço-tempo com matemáticos como Russel? O paradoxo de Gödel ("esta sentença não tem prova") é uma prova do improvável. Um laço indissolúvel une a prova a seu contrário; do mesmo modo, a representação teima em reaparecer e desesperar Artaud, o rebelde que aposta com todas as forças em sua utopia. Quanto a Gödel, morreu "suicidado" por sua insistência em retornar a uma matemática da completude (sonho frustrado de Wagner e a forma cúbica do palco de Bayreuth) e das formas acabadas (o inacabamento é o destino de todo pensamento). Dá-se, aí, um trauma epistemológico, uma queda pela qual se cava uma ferida na face da ciência, agora definitivamente reduzida a instrumental tecnológico – maneira de manter-se no poder de constituir mundos e realidades.

O real impõe as multiplicidades no lugar da ilusão da unidade, as heterogeneidades, a derrocada das hierarquias. Ele é "síntese disjuntiva" de heterogêneos (DELEUZE & GUATTARI, 1992), afastando para longe a dialética. Entre Wagner e Artaud, um intervalo que vai de um a outro, incluindo os elementos configuradores do teatro de todos os tempos e espaços. Múltipla *arkhé*, retorno das cópias (o Mesmo) e dos simulacros (a Diferença), na bela empreitada deleuziana de "reverter o platonismo" (DELEUZE, 1974). As representações retornam, esfaceladas; e colocam em pauta temporalidades recuadas ou próximas, ainda que despojadas da unidade de sentido: afinal, a linguagem vai além de suas próprias fronteiras formais, mas dobra-se e retorna a elas, recompondo-se também a si mesma (na diferença), no ato mesmo de alcançar o limite do dizível (DELEUZE, 1997). Na cena contemporânea, Artaud se recompõe com Wagner: faz desmoronar o cubo euclidiano (teorema que se sobrepõe à experiência do espaço), mas não escapa ao teatro, nem o abandona. Ele joga com as forças arquimedianas na experiência da matéria contra a matéria, produzindo mais do que fendas (como fizera Appia) e jogando com a abertura para o infinito. Ele é um nômade.

Num plano "comum" – mas não afim à unidade – Artaud desdenha hierarquias e padronizações. Daí uma multidão que, conforme insisto na descrição de muitos espetáculos, compara-se a um coro dissonante, polifônico, não moldado por uma gramática teatral. Ele é variação, num plano de composição (DELEUZE & GUATTARI, 1992).

Importa, então, o que se passa com as multiplicidades postas entre Wagner e Artaud, as linhas de fuga que rompem as margens e rasgam as dicotomias; elas promovem a derrocada do poder da alternativa Um/Múltiplo. O rizoma é sistema acentrado, de intensidades e singularidades heterogêneas, perspectivismo, devires. O singular não é "um", mas n-1, porque o múltiplo não é soma de "uns"; não há quantificações nem metrificações. Sendo assim, Wagner é metrificação; Artaud é intensidade e força, sem distinção parte/todo.

O rizoma não é o mosaico tal como descrito por Benjamin (1984), embora se possam ver afinidades entre eles; é mosaico, desde que os contornos não delimitem as partes de modo a encaixá-las segundo medidas homogeneizadoras. As linhas de fuga que frequentam o rizoma e compõem territórios são como mônadas, desde que não consideradas sobre um plano único: passado e futuro, parte e todo voltam-se um para o outro, coexistindo e colocando-se multidirecionalmente no espaço e aionicamente no tempo. Trata-se de um "[...] movimento da diferença como tal – o movimento centrífugo pelo qual a diferença escapa ao atrator circular da contradição e superação dialéticas" (CASTRO, *idem*, p. 119). As relações se dão por contágios, numa "síntese disjuntiva" de dobras e redobras. As heterogeneidades impedem também a fixação nos extremos.

Transita-se dos universais (Wagner) a "variações sem fundo invariável" (CASTRO, *idem*, p. 123). Variações das mônadas consigo mesmas e entre elas. Essa permanente diferenciação pode definir o barroco e seus simulacros, conforme os vemos hoje.

DESCOLONIZAÇÃO DO PENSAMENTO

Houve tempos em que se considerou o teatro como um espelho da sociedade, ele convocado por ela para pensar-se perante uma obra de arte que se julgava capaz de reunir fragmentos da experiência para produzir imagens dotadas de alguma totalização. Mas vemos que as representações do "outro" fazem uma dobra para o mesmo, que vê aquele como estranho e exótico, a depender dos interesses etnocêntricos ocidentais. Nas peripécias da cena contemporânea, conforme tive oportunidade de mostrar em *Corpo, espaço, tempo – indagações sobre poética do teatro*, o espelho desfez-se em pó, mantendo, no entanto, cintilações e imagens voltadas para o inacabamento (GADELHA, 2013).

Uma das questões trágicas colocadas entre estes ensaios tenta explicitar o desafio de captar os entrecruzamentos onde se podem ouvir ecos e dissonâncias que indiquem as dores da luta decolonial: onde estamos nós, onde os outros, onde as negociações, os acordos, as diferenças? Caso dos espetáculos *Amazona, Cidade correria* e *Céus*, adiante analisados.

No dizer de Viveiros de Castro (2018), a "verdadeira antropologia" não conduz ao reconhecimento narcísico de nossa própria imagem, mas a um "regime de variação" e transformação. Nele se estabelecem distâncias e imaginações capazes de "criar conceitos", como dizem Deleuze e Guattari (1992) ser a tarefa da filosofia. Narciso seria, para Castro, o "demônio tutelar da antropologia", portador da obsessão de separar o sujeito do não-ele:

não-ocidental, não-moderno, não-humano. Ocidentais seriam a racionalidade capitalista, a alma imortal. A preocupação com o "outro" vem do Renascimento, atravessa o século XIX, impondo-se como dobras do si-mesmo que mal escondem as articulações saber-poder (FOUCAULT, 1979). Certas formas atuais de identitarismo talvez redupliquem ou, até, mimetizem os discursos que reduzem a alteridade à objetificação. Em hipóteses menos "suaves", o outro é animal, monstro, grotesco, sub-raça.

A pergunta é insistente e persistente: "O que é o homem?" Ele tem algo de próprio e exclusivo? Se for universal, estará acima de tudo e todos. A voracidade fez do antropófago Oswald o devorador daqueles que o devoravam: "nós" é pronome que designa qualquer dos lados – exigindo, portanto, definição de posições.

O antropocentrismo não livra ninguém do inacabamento; a finitude obriga ao enfrentamento da morte e dos contornos ilusoriamente definidos do corpo e do espaço – um devir insaciável, bem de acordo com a acumulação capitalista e a expansão europeia, ela que se pretendeu detentora exclusiva de uma ciência criadora de mundos. As alteridades bastardas (negros, mulheres, asiáticos) têm a tarefa de fazer desabarem as identidades em nome das multiplicidades "menores", como a arte e o povo imaginados por Deleuze (1997) – "antinarcisismo das variações contínuas" (CASTRO, *idem*). Trata-se, então, de imprecisar fronteiras, dar aos contornos suas feições de mútua estranheza, tensões e, às vezes, alianças entre heterogeneidades. É nas rupturas e continuidades que podem eclodir as diferenças, entrelaçadas, porventura, com o mesmo. A descolonização é obra permanente do pensamento e da ação.

A MORTE DO HOMEM

Nietzsche (*Genealogia da moral*): quem fala designa-se a si mesmo *Agathós*; o outro é *Deilós* (o Mal, incompleto, faltante e inferior). Na pergunta sobre quem fala está implícito o aparecimento de um si-mesmo – para Foucault (1992), em *As palavras e as coisas*, isto se define como o que fala e interroga em *Ecce homo*. Sujeito assujeitado à palavra e à linguagem, com os enigmas e mútuos imbricamentos que delas fez Nietzsche, quando o pensamento clássico já não respondia às indagações e empurrava a (re)formulações. A filologia de Nietzsche é companheira do trabalho em Marx e da vida (Darwin), lado a lado também com a experiência do inconsciente em Freud. É que o homem nascido com os iluministas não encontra mais, na infinitude de Deus, a sua própria determinação de infinitude transcendental. Agora, ele se vê limitado pela finitude de vida, trabalho e linguagem, a lhe dar contorno e consistência. O espaço finito de um corpo e seus desempenhos na relação com outros corpos são a única possibilidade de transcender-se na imanência e pensar-se Homem no horizonte de sua morte.

Vale a pena fazer algumas considerações sobre o tema da morte do Homem (FOUCAULT, 1992), remetendo-nos aos comentários de Deleuze (1995), em *Foucault*.

Se as forças são sempre um composto de relações entre forças, como se compõem elas com o seu "fora"? É preciso examinar o composto que entra, historicamente, em relação com o homem e o que daí resulta, já que a forma-Homem não existiu nem existirá para sempre. Para o pensamento clássico, o que não é infinito está sujeito à limitação do entendimento humano. Imaginar, recordar e perceber alcançam apenas um infinito "inferior". Atribuir a extensão a Deus depende de estabelecer a que grau ela se eleva. São as forças de elevação ao infinito que se compõem com o homem. Elas são forças do "fora", considerando-se que o homem é limitado e imperfeito, o que o torna incapaz de comparar-se com o que o atravessa: a forma-Deus. Entre todos os limites, está a prova da existência de Deus – representação infinita. O finito pode desenvolver-se ao infinito, entrando numa série ilimitada – quadros de um *continuum* que consistirão na cientificidade clássica, até o século XVIII: os seres vivos e seu caráter (ciências naturais), as línguas e sua raiz (gramática geral, filologia), análise das riquezas (dinheiro e terras), sem uma economia política. O *continuum* é desdobramento que tem a Deus como explicação universal.

O século XIX traz uma mudança na relação com as forças do fora; ele as vê como finitude: vida (biologia), trabalho (economia política) linguagem (linguística). Dizia-se, antes, que a tomada de consciência do homem sobre si resultava de causas históricas. Para Foucault, as forças do homem enfrentam a finitude a partir daquelas forças de fora. A forma-Homem é aí traçada e delimitada. Vê-se que já não se trata da dicotomia sujeito-objeto, porque o primeiro termo não se compõe com o segundo e o pensa como que à distância. Na fratura do *continuum*, cavam-se as profundidades. A vida traz, dentro de si, a morte; com Darwin, a seleção natural é competição que impede as convergências e exclui o *continuum*. O trabalho abstrato se rebate no capital (Ricardo); com Marx é o inverso. A linguagem é flexionada, já não compreendida por designações e significações; a literatura faz da linguagem um objeto. Antes, o desdobramento das representações; agora, a dobra do infinito no finito: este contém o outro e a si mesmo, nas profundezas. A finitude do homem e seu outro aparece como sombra, um pensamento do impensável (*As palavras e as coisas*). Com Nietzsche, a revelação da precariedade do ser impõe-se ao que o funda. Por que chorar a morte do homem? Ele teria preservado as formas de viver, falar, trabalhar? Que novas composições dariam advento, agora, a uma forma que não é nem Deus nem homem? Seria o Super-Homem de Nietzsche?

O trabalho, agora imaterial, faz-se com a informática; a biologia salta para o código genético. Não se trata de composição de forças entre o finito e o infinito, mas do "finito-ilimitado". Um certo número de componentes alcança um ilimitado de combinações. Uma "superdobra" tomou o lugar da dobra e do desdobramento: cadeias genéticas, silício; a literatura como eterno retorno da linguagem sobre si: agramaticalidades superpostas (Artaud, Dada e os que vieram com eles e depois deles). Este "eterno retorno da linguagem" repõe os termos da "reversão do platonismo" (DELEUZE, 1994). Este continua e vigora, em embate permanente com seu outro – retorno do arcaico, a perturbar a paz da razão. Um composto homem – suas rochas, sua linguagem informe, os simulacros: se assim é, o trágico subsiste, resiste e insiste na forma-homem, a fustigar seus deslimites; ao mesmo tempo, o corpo experimenta conexões e núpcias com outras naturezas (o mineral, o animal) e experimenta-se como super-homem. Ele enfrenta, no teatro, a luta contra a desmaterialização, pois está em jogo o que o define: ser suporte do sujeito a tempo e espaço. Vivemos jogos ambíguos, onde simultaneamente resistimos como arcabouço material e esboroamos aquilo que identifica o humano e as balizas conceituais da cena. Nesta dobra e neste conflito, o espanto e o choque com uma alma digital.

NARCISO E O DESLIMITE

Sejamos francos: responder à pergunta sobre o que é o homem pode ser uma armadilha, pois se sua principal propriedade for não ter nada de próprio, isto estende seu poder, ilimitadamente, a todas as outras propriedades (CASTRO, 2018). Não há também facilidade em lidar com o paradoxo que liga o inacabamento do homem à sua finitude: os inacabados (e nisto portentosos) e exploradores destemidos do desconhecido são os mesmos que, apegados a sua identidade de colonizadores, enfrentam agora, talvez mais que nunca, a ameaça de fracasso definitivo e irrevogável. Pode ser que uma "antropologia menor" se associe ao nascente movimento global pela multipolaridade. Então, um "antinarcisismo das variações contínuas" quiçá possa dar fim ao Império dito humanista. Trata-se de deslimitar e borrar as fronteiras do humano e o não-humano, as palavras e as coisas, nós e eles; há que quebrar linhas e contornos, adensar volumes, conectar o distante. Trata-se também de curar (cuidá-las incessantemente e sabê-las sempre abertas) as feridas da separação.

Situados na fronteira entre Equador e Peru, os indígenas achuar, estudados por Philippe Descola (2021), crêem que homens, vegetais e animais possuem almas análogas. Podem todos pensar, comunicar-se e se ver a si próprios e aos outros como humanos. Ser humano é estatuto ético que indistingue a diferença com a natureza e a cultura, já que todos são capazes de sentimentos, sejam estes de aliança ou rivalidade.

A distinção entre o humano e o restante do natural depende de uma distância estabelecida, na qual o primeiro termo (o sujeito) se veja como exterior e superior ao segundo (os objetos). Será este um todo desmontável em partes – um todo manipulável, aperfeiçoável, dominável. Ciência e técnicas produzem objetos dissociados do homem: plantas e animais serão meros recursos e riquezas. Descartes é uma das consequências das Grandes Navegações; a Colonização encontra, no Outro, a materialização do bárbaro e do selvagem. São separações barrocas, que jogam as diferenças para as zonas de sombra. A diferença pode ligar-se ao incompreensível e à loucura, uma espécie de pré-razão arcaica que retorna como desordem e desregramento. O grande império chinês, rico em matemáticos, astrônomos e lógicos, não conheceu de imediato os avanços tecnológicos realizados pela Europa, a partir das novas rotas comerciais no sentido Ocidente/Oriente. Isso se explica pelo nascente capitalismo; mas também pela ruptura homem/natureza, na qual a invenção da segunda implica a invenção do primeiro como universal e acima de seu meio (dicotomia sujeito/objeto). Este cisma tem um equivalente na ruptura dada com a fundação da *polis* grega, o aparecimento da filosofia, do alfabeto e do teatro – crise do pensamento mítico, que arrasta a política e funda o cidadão frente ao Estado.

TROIA EXISTE

Deleuze (2016) entrevistou Elias Sanbar, um escritor palestino, em 1982. A realidade da presença palestina precisava ser afirmada insistentemente, do mesmo modo que eram insistentes as tentativas de apagamento. Eles não eram militares, mas combatentes, num sentido mais amplo. A fundação da *Revue d'Études Palestinienne* mostrava que artistas, intelectuais, camponeses, professores não faziam parte de um povo colonizado, mas eram evacuados de seu território, como outrora foram os peles-vermelhas. O sionismo pretendia abrir um vazio. Diz Sanbar que Israel se estabelece do mesmo modo que fizeram os estadunidenses aos povos originários da América do Norte. O sionismo fez "desaparecer" o Outro, evacuando-o da cabeça do colono, que agia como se os palestinos simplesmente não estivessem ali: visão racista legitimada pela rejeição aos judeus na Europa. Deleuze observa que Israel não quer ser tratado como qualquer povo, em função das perseguições sofridas. Os palestinos, ao contrário, querem ser o que são: apenas um povo. Algo de singela simplicidade, conforme lembra Sanbar; dizer ao mundo que existe.

No momento em que escrevo estas linhas, dá-se um genocídio em Gaza, porque mais uma vez os palestinos quiseram demonstrar que estão vivos, num ataque a Israel qualificado pelas mídias ocidentais e corporativas como "terrorismo". Outros conflitos e/ou a ampliação deste devem emergir em tempos próximos, para um apocalipse final ou para uma reorganização, menos brutal, das forças políticas do mundo. O genocídio em Gaza é um dos sintomas de que a ordem mundial unipolar se vê ameaçada por uma ordem multipolar em construção.

Acabo de assistir (novembro de 2023) a *Cão chupando manga*, direção de Sidney Cruz e atuação de Fábio Freitas (Rio, Teatro Domingos Oliveira). O espetáculo resulta de um processo colaborativo a se erguer sobre os pilotis do que Sidney chama de "dramaturgia da memória", tanto pessoal quanto coletiva. Situações variadas se entrelaçam, colocando em causa as articulações entre autoria e criação, o ator e o diretor. O "jogo" cênico impõe, em certas ocasiões, o improviso, proveniente de técnicas de palhaçaria, performance, acrobacia. Vi altos coturnos (somos gregos, gregos outros), numa dramaturgia cênica onde o humano insiste e resiste em sua humanidade, mas devindo cachorro, devindo resto do que talvez seja irrecuperável (se é que teria existido). Tampinhas de garrafa, aos milhares, fazem um figurino onde uma máscara tanto pode aludir à tragédia e seus heróis solitários ou ser de qualquer povo ancestral – é que Dionísio e Exu presidem as encruzilhadas e o teatro. Vi um guerreiro, um transexual, uma manicure louca, uma guerra contra baratas que teimavam em tomar para si os refletores – e, de fato, tornavam-se mais uma situação, sendo assimiladas por um ator destemido de contracenar com elas. Esplendor de morte e renascer. Não um nascer depois da morte, mas um viver com o que dela resta, ao mesmo tempo morrendo e por isso nascendo, no terrível desenrolar de toda a História, contada ou não. Vi o lixo e sua beleza como evidência do que alguns querem tornar invisível e inexistente, como os palestinos – nossa Tróia contemporânea, nossos heróis de "cadáveres ultrajados", poderia dizer Vernant. A guerra de extermínio horroriza e abala expectativas de novas relações com a terra e entre os homens. Assim se fez em Canudos. Aguardemos novas configurações da vida política. O trágico se assenta sobre ela e o que pudermos, teimosamente, chamar de homem quando Deus não há. Niilismo afirmativo.

POR UMA HISTÓRIA DO TEATRO CONTEMPORÂNEO*

Pensar as relações do teatro atual com a sociedade implica a delimitação de uma ideia do contemporâneo, conectando-a a possibilidades de uma história do presente, no que diz respeito à cena (dramaturgias do texto e do espetáculo) e no que toca à sociedade globalizada. Estudos sobre o trágico e seus modos de comparecimento na cena contemporânea devem ter em vista aspectos de tragicidade operando independentemente do gênero tragédia. A atenção se volta para métodos e discursividades: nossa época tensiona-se com o cruzamento dos eixos sincronia/diacronia. A tentativa é de traçar cartografias e arqueologias, numa tensa aliança

* Apresentado na VII Reunião Científica da ABRACE – Associação Brasileira de Pesquisa e Pós-Graduação em Artes Cênicas (27 a 29 de outubro de 2013. Posteriormente, foi publicado, com versão ampliada, no livro *Mapas e percursos*, estudos de cena (ABRACE, Belo Horizonte 2014), de onde extraí esta nova versão.

do modelo árvore com o modelo rizoma (DELEUZE & GUATTARI, 1995). Privilegio o ensaio, gênero receptivo ao fragmento e rebelde à dicotomia verdadeiro/falso. Abraçando o descentramento e o inacabamento, é possível capturar as singularidades, vendo nelas a multiplicidade. Deste modo, espera-se compreender zonas de vizinhança entre heterogeneidades: Brecht e o trágico, por exemplo.

Chamamos "contemporaneidade" a uma conexão de tempos, o que admite composições do mais recuado e arcaico (*arkhé*, vista como múltipla origem) com o mais próximo da experiência do presente – uma abstração comprimida entre passado e futuro. O passado traz as marcas do tempo deixadas no espaço e no corpo; uma memória de afetos e experiências. O presente jamais se efetiva, a não ser nas sensações dadas pelas presenças e co-presenças; ele já é passado quando o designamos e nomeamos. O futuro, mesmo com suas esperanças, aniquila o presente na direção do passado: *aion* e suas duas setas que repousam sobre a mesma reta, convergindo para o mesmo ponto. Vejamos o contemporâneo como quebra do paradigma moderno.

Após o Renascimento, a dicotomia sujeito/objeto nos fez alvos de nosso próprio pensamento, identificando-nos com o que a cena distribuía simetricamente pelo espaço. Ao centro, a fuga conduzia o olhar para o que ela não mostrava, mas fazia o entendimento alcançar. Vivia-se o encantamento e a estupefação perante a descoberta do Novo Mundo. O teatro domesticava o desconhecido trazido das Américas, tornando-o passível de ser assimilado, pois os indígenas foram equiparados a monstros, já que não correspondiam ao que se qualificava como humano. A experiência do ver(-se) e do pensar(-se) organizava as disparidades e reafirmava o observador como sujeito racional e universal. Shakespeare, Calderón e Racine ensinaram que o bom príncipe será legitimado pelo exemplo dado à cidade. Bem e mal serão relativos a propósitos e métodos; política e moral se distinguem, no tratado de Maquiavel: *O príncipe*. Os planos de representação se desdobram entre o aqui e o alhures, a coisa e a imagem, as vozes e sua reverberação. A fuga leva para longe: o que não se vê obedece às coordenadas do que se vê, propiciando uma nova leitura do mundo.

O regime clássico do olhar, conforme descrito acima (homogeneidade, centralidade do humano), desfaz-se em heterogeneidade e fragmentação, na experiência romântico-iluminista. A invenção da idéia de povo – cuja suposta unidade perdida trouxe a nostalgia do passado – tenta recompor as fraturas da sociedade de classes. Por outro lado, o futuro se coloca como obra humana do progresso.

Na segunda metade do século XIX, a ênfase no até então considerado como "objetivo" deslocou-se para a construção subjetiva do olhar, obrigando à estruturação do ato individual de perceber. Impôs-se a disciplina da atenção, necessária à produção capitalista. Dispositivos de direcionamento, atração e repulsão controlam esse olhar. A crescente complexidade da vida urbana pulveriza o cotidiano e impõe recortes, fragmentos e seriação de elementos díspares. A multiplicidade e a simultaneidade dos estímulos desfazem as cronologias.

O paradigma clássico dissolve-se, notadamente no Teatro de Bayreuth. Wagner compõe o que pensa ser a grande ópera da germanidade e tenta, com mudanças estruturais da sala de espetáculos, reunir os estilhaços da crença em um mundo estável. Apagar a luz sobre os espectadores, além de dá-los por inexistentes, remete os olhares a uma única direção, o palco. Mas a unidade da platéia pauta-se pela separação: cada espectador tem uma vivência particular de recepção. Vêem-se sobre a cena (o único "real" admitido durante a exibição) aspectos de uma narrativa que aceleradamente se fragmenta; a luz em focos múltiplos recorta o espaço, realça detalhes e angulações, afasta e aproxima a atenção. A reunião do disperso conta com a atividade psíquica do espectador. A democracia do olhar se estabelece com a inclinação da sala e a distribuição de todos em igualdade de observação. Para isso, eliminam-se os camarotes e frisas – heranças da aristocracia (que, principalmente, dava-se a ver). "Ignorado", o espectador contribui para a sustentação da idéia de obra de arte total. As ilusões se fazem no ato de esconder a maquinaria, os truques, o artefato. De modo similar, Marx revela a reificação das mercadorias, que esconde a luta das forças produtivas. Dos focos de luz ao foco; da panorâmica à parte, dão-se premissas caras ao cinema.

Bayreuth é um organismo teatral que abriga a confiança no drama como eixo capaz de reunir as artes do tempo e do espaço, harmonizando-as. Mas, este sonho de imagem estável do mundo projetada no palco ficou para trás, com a perspectiva renascentista: a caixa escura revela, com seus focos de luz, a imagem da instabilidade e dos fragmentos do mundo moderno. A condição da totalidade repousa, paradoxalmente, na incompletude – é a resposta dos primeiros encenadores a Wagner. Entre eles, Appia (s.d.) opera na demanda de composição corpo-espaço-duração.

Bayreuth é uma metáfora da sociedade moderna e disciplinar (FOUCAULT, 1995). Ele pertence à mesma lógica que projetou o Panótico de Bentham, tecnologia de poder e vigilância que atende a industriais e educadores, justiça e família. Vinculada ao urbanismo, a arquitetura do fim do século XVIII contrastava com palácios, igrejas e fortalezas dos períodos anteriores, que testemunhavam sobre Deus e o soberano. Isto servira para teatros renascentistas e salas de corte do classicismo. Os espaços setecentistas organizaram a intimidade familiar, hospitais, instituições econômico-políticas. A medicina serviu à gestão sobre águas, esgotos, moradias. O poder lacunar da monarquia deu lugar a detalhes de dominação sobre os corpos e os gestos cotidianos. O panótico (no qual apenas um vigia enxergava todos os prisioneiros) expressou depois o projeto de uma sociedade onde todos fossem visíveis e sujeitos à opinião dos demais.

Daí, a tarefa moralizadora do melodrama. A opinião, na era industrial, dividiu o público segundo preferências quanto a jornais, espetáculos, produtos da indústria (TARDE, 1992). O escuro das masmorras, os esconderijos de aristocratas e salteadores foram devassados pelo olhar anônimo da democracia. Em Bayreuth, este olhar é posto na escuridão, a observar o palco iluminado. Olhar que faz emergir o rancor de Nietzsche contra Wagner, por se limitar o artista a distrair as massas. Da inibição de cada espectador sob a censura dos restantes, resulta que todos se calam e imobilizam, num novo protocolo de espectação. Para um teatro total, uma visão total. Bayreuth articula-se ao funcionamento do nascente poder da imprensa, do cinema e, depois, da TV – agentes econômicos da opinião por meio da publicidade e da máquina de entretenimento.

No panótico, o prisioneiro não seria sempre dócil à vigilância. Foucault pergunta sobre a resistência ao poder subordinante da "política do olhar". No teatro, a cena resiste à onipotência. A separação palco/platéia e o espetáculo fechado em si desdenham a presença do observador e erguem a "quarta-parede" – cara aos naturalistas e neutralizadora de paixões e afetos da platéia. Porém, Appia rebaixa o proscênio e aproxima dele as primeiras fileiras, criando zonas de luz sobre os espectadores sentados nelas – atentado contra a hipnose: o olhar se aproxima do objeto olhado e participa dele. Aparece um paradoxo: o teatro é total a preço da incompletude. Agora sabe-se: o olhar perturba a cena, porque é ele que lhe atribui sentido. Desencadeiam-se as mais variadas formas de negociação, no terreno da linguagem da cena e na relação palco/platéia. Isto mostram os primeiros encenadores.

Nas fendas abertas pelas interrogações em torno da teatralidade, instalam-se Artaud e a crueldade, buscando uma cena cujo inconformismo com a representação conduz ao permanente retorno dela (espelho que nos nega a imediatidade). Entre estes dois parâmetros (Bayreuth e o espaço sem fronteiras ator/público de Artaud) e suas combinações, a infinitude. Ela leva tanto a extremos onde é preciso recompor a tradição para nela projetar a radicalidade das experiências e assim decidir tratar-se de teatro, quanto a reafirmações do modelo wagneriano – mas sempre sob a marca da fenda indagadora. É que Artaud insurgira-se contra a representação, estilhaçando o conceito de ação teatral e a ideia e narrativa a ela articulada. Do ponto de vista cronológico e não sem arbitrariedade, a ruptura (que implica a articulação com aspectos de continuidade) do paradigma moderno pode ser detectada na segunda metade do século XX, com os herdeiros das indagações artaudianas – Grotówski, Kantor; entre nós, Boal, Zé Celso, Thomas.

Podemos dizer que o teatro contemporâneo transita entre os dois polos (Wagner, Artaud), o que exige instalar a escrita num campo sempre a cartografar-se, contrariando o livro-árvore, a dicotomia (DELEUZE & GUATTARI, 1995) que tem, como modelo, o pensamento clássico – assentado no cruzamento dos eixos sincronia/diacronia. Nele, recusa-se a multiplicidade: um tronco se enraíza e sustenta os ramos secundários. Conectar heterogeneidades (regimes diferentes de signos, distintas naturezas e coisas) para buscar os agenciamentos coletivos de enunciação – seu funcionamento perante o livro, a gramática, os poderes – constitui o trabalho do rizoma. Este não-método explora múltiplas genealogias, busca o descentramento, anseia pelas superfícies onde sujeito e objeto perdem unidade porque as grandezas combinadas exigem que a marionete e seus fios formem uma trama de indiferenciações, fugindo ao quantificável.

Convido a uma pequena digressão. Os dramaturgos filósofos da passagem do século XVIII para o XIX (Kleist, Schiller, Diderot) preocuparam-se com a natureza do corpo e sua relação com a alma. Era preciso encontrar um lugar para cada um, em momento de reorganização de saberes (arte, ciência, filosofia, religião). A nova emergência do corpo frente à ciência trouxe a percepção de que ele não poderia ser somente um feixe de músculos, sangue e ossos. Esta materialidade estaria abrigada pelo humano, se sua verdade fosse guiada pela verdade da alma – assim como as marionetes são movidas pelos fios que as ligam ao divino Marionetista. Aos primeiros encenadores do século XX, destituídos de alma e da presença de um Deus já morto (Nietzsche), a marionete se liga, no teatro, às figurações (corpos) criados sobre o suporte do corpo do ator. Tratei deste problema em *Corpo, espaço, tempo – indagações sobre poética do teatro* (GADELHA, 2013). Agora se trata de conceber uma marionete de curtíssimos fios entrelaçados, pelos quais se problematizam os limites com a carne perfurada por próteses e hibridizações.

O território é o da multiplicidade, sempre desterritorializado e reterritorializado mais além ou aquém, em jogos com as singularidades. As novas conexões impõem o intercâmbio entre o dentro e o fora (a fuga se faz também no trânsito interno/externo) e se negam à sobrecodificação, à determinação histórico-conceitual. As linhas-de-fuga proliferantes são limites continuidade-ruptura; o que desfaz dicotomias pode encontrar novas organizações de conjunto e reconstituições de sujeito (com predicações e atribuições). O livro e a história nele contida fazem rizoma com o mundo. Em "evolução a-paralela [...], o livro assegura a desterritorialização do mundo, mas o mundo opera uma reterritorialização do livro, que se desterritorializa por sua vez em si mesmo e no mundo" (DELEUZE E GUATTARI, *idem*, v.1, p.20). No teatro, novas narrativas se recompõem; rearticulam-se figuras. O palco à italiana abriga espaços de indeterminação, rompendo fronteiras dentro/fora, atores/espectadores. Aqui se faz, na cena, a associação da árvore com o rizoma.

Trata-se de fuga conjugada à *mimésis* clássica, feita esta de decalques hierarquizados que sempre reconduzem ao mesmo.

Na qualidade de mapa, o discurso constrói-se nas conexões e desbloqueios do corpo sem órgãos, nas aberturas e reversibilidades; ele se rasga e desmonta em ações políticas de múltiplas entradas e processos de subjetivação.

Ser moderno teve (tem) o preço da perda de contato com a alegria e a dor trágicas. Artaud soube e viveu, erguendo libelos em nome da festa que, utopicamente, combate a representação e instaura a presença: força dionisíaca eternamente a se deparar com Apolo – a separação. Com Nietzsche e Artaud, o teatro compreendeu-se como lugar de uma cisão. Nele se experimenta a nostalgia (dor da ausência) e a utopia (todos os tempos e espaços, nenhum tempo/nenhum espaço), num trânsito incessante que passa pela unidade e a fratura. Então, somos, sempre e de novo, Todomundo e Ninguém, arcaicos e contemporâneos. O teatro se torna o que sempre foi: o abrigo (proteção) desta angústia e deste sonho. Abrigo também na acepção latina: *apricum* é lugar aberto.

Artaud ajuíza: o Ocidente elaborou uma "doutrina do juízo" e a impôs à ação trágica; neste tribunal, a dívida é eterna e não quitável. Sob o cristianismo, não há lotes distribuídos pelos deuses, mas o juízo do Deus único. Oposta ao juízo, a crueldade inscreve a dívida sobre o corpo, onde as forças se afetam para efetuar a justiça. É preciso produzir um corpo sem órgãos, feito de intensidades e limites interpenetrados, insubmisso aos poderes. É preciso demolir o teatro clássico, quebrar o espelho para recompor o encantamento. Lembremos a peste (ARTAUD, 1985): ela ultrapassa o social e o psíquico; instaura a desordem, alastrando-se pela cidade. A peste estabelece novos regimes e ocupações espaciais, transmuta terror e êxtase, subverte, reverte, inverte os costumes. O teatro nasce deste corpo anômalo e festivo, sem marcas de hierarquias e credos: o furor ultrapassa a forma. Nele se retoma a origem dos conflitos para manifestar o que a cultura recalcou. A intuição de Artaud é a da necessidade que tiveram os renascentistas de controlar esses fluxos na cidade. Nas casas de espetáculos fechadas, o corpo é posto em cena separado da alma: ela escapou pelo ponto de fuga. Esquecido da carne, o corpo entoa a voz que persegue o espírito. O novo corpo sem órgãos urra porque não quer ir além das coisas nem subjugar o teatro pela palavra escrita. Quer desfazer as dicotomias autor/texto, diretor/atores, cena/público; desmontar os mecanismos da organização. Para recriar o teatro no corpo sem órgãos, é preciso buscar dimensões onde a disciplina do olhar se exaure pela experiência que dissolve as funções e refunda funcionamentos.

O corpo sem órgãos jamais se conclui. Assim o teatro contemporâneo: a forma se faz e desfaz, o espectador/participante é incluído e mantido alheio. No combate à narrativa, pulsa a narratividade, ultrapassando a hoje clássica encenação e as dicotomias autor/encenador, ator/espectador. A criação coletiva opera no limite entre as funções, porque já não se trata de divisão fordista do trabalho; o encenador agora não é autor da cena, mas ocupa variados lugares no agenciamento da criação. A *extensio* é recortada pelo *spacium*; recria-se a cena para além e aquém do significado. A este *continuum* de atributos, gêneros e estilos, comparecem o passado e o futuro do teatro. O texto se desmembra em textura, em favor do nomadismo da palavra desapegada aos conceitos. Apaga-se a distinção um/outro, as figuras transitam por uma topografia sem história para carregar singularidades (pontos de convergência da multiplicidade). "Mesmo que Artaud não tenha conseguido para ele mesmo, é certo que através dele algo foi conquistado para nós todos" (DELEUZE & GUATTARI, 1996, p. 27).

Desmanchar o organismo é derrotar o juízo de Deus sobre Bayreuth, mantendo os órgãos desejosos da potência de novas subjetivações em processo. Para permitir que o teatro se reteatralize, é necessário manter reservas de significação e interpretação para poder voltar a tensioná-las com pequenas unidades de sujeito. Os cacos do espelho da representação se rearticulam para funcionar de outro modo, em novas aventuras de encontro do trágico. Assim com Grotowski e Kantor, Boal e Thomas, Antônio Araújo ou Henrique Diaz. O movimento conduz a jogos de reconfiguração e tensas suplementaridades: Artaud e Wagner se afastam e reconjugam; o teatro é, de novo, total e, mais que incompleto, inacabado. Com inveja da arte, "A ciência daria toda a unidade racional à qual aspira, por um pedacinho de caos que pudesse explorar" (DELEUZE & GUATTARI, 1992, p. 264).

Mas o rizoma é um mapa que pode também ser decalcado e traçar redundâncias, referências e metrificações, ao cruzar-se com raízes que fincam sujeitos. Há, portanto, que desfazer a dicotomia decalque/mapa, desmanchar limites e coordenadas, conjugar árvores e rizomas, compor florestas a partir do que foi excluído e escapar à língua e à história dominantes, ativando as subjetivações em processo. Enquanto a história se remete ao passado (faz dele árvore, hierarquia de significações, centros de subjetividade), a memória se instaura em diagrama, na duração (conexão de tempos) do presente (BERGSON, 1990), sem se submeter à imediatez do objeto. Ela vai e vem entre distâncias, descontínua e multiplamente, acentradamente – mesmo que se faça reler por conceitos totalizantes como sociedade ou civilização. A memória é feita de esquecimento e lacuna, revelação e ocultação da presença. Os modelos não se dualizam: o decalque é transcendente, mesmo produzindo fugas; o rizoma é imanente, mesmo se produzir hierarquias e despotismos. O livro-platô se faz sem pontos de conclusão ou culminâncias; os platôs se comunicam quaisquer uns com quaisquer outros, através de fendas, saltos, dobras e redobras. Os agenciamentos não são científicos ou ideológicos; são fluxos semióticos e sociais. Numa escrita rizomática, a história se aproxima e se afasta; o presente se recorta contra si mesmo para mostrar abismos e, em sua obscuridade, cavar a inteligibilidade, seu ordenamento sempre inacabado.

Indagações sobre a tragicidade na cena contemporânea remetem à necessidade de compreender processos de produção de subjetividade, sob as condições do capitalismo global. A "hegemonia do trabalho imaterial" (NEGRI & HARDT, 2004) baseia-se em informação, imagens, relacionamentos e afetos – referidos estes ao corpo e à mente, como à alegria e à tristeza. Daí a importância da "simpatia" dos prestadores de serviços, o que inclui os entretenimentos. A produção lingüística e simbólica envolve afetos entre os que se comunicam, seja por redes sociais ou mídia jornalística e publicitária. Embora esses trabalhadores não representem maioria numérica, são as características de suas atividades que modificam, hoje, o trabalho e a sociedade. Novas formas de exploração e alienação apropriam-se de idéias, afetos e emoções e os sujeitam a um regime de precarização contratual, desmedida das jornadas, desfronteirização lazer/labuta, emprego de curto prazo, flexibilização, mobilidade. Este trabalho não apenas sustenta a produção material e o lucro econômico, mas se envolve diretamente na produção de relações e formas sociais, culturais e políticas. A precarização do trabalho opera lado a lado com as interações em redes de comunicação: esta biopolítica penetra e constitui a vida social em todos os seus aspectos, estruturando cooperações e relações afetivas. Tudo isto se dissemina para outras formas de trabalho, interligando-as. O pós-fordismo tira de cena o operário como vanguarda revolucionária. A multidão que hoje movimenta as lutas sociais é de composição múltipla, de orientação desierarquizada e não guiada por partidos, mas por causas singulares. O trabalho em rede modifica os métodos de luta. A insurreição atual recusa a tomada de poder, pois se quer permanente, numa demanda de mais e mais democracia. A luta em rede não admite centralidade, disciplina fordista ou de exército; ela se pauta pela criatividade e auto-organização cooperativa, autonomia, afirmação de diferenças e busca de interesses comuns. A flexibilidade de ações e pautas permite rápidas mudanças no movimento deste corpo coletivo em rede, onde as classes se definem pelas lutas que travam e por suas propostas políticas. O proletariado (um bloco de classes) constituía modelo que viabilizava a unidade das lutas.

Aqui nos encontramos com o binarismo da árvore para lembrar que a multiplicidade da multidão é rizoma a expressar as diferenças entre todos aqueles que se encontram sob o domínio do capital, buscando o comum entre as singularidades – a multidão é um tornar-se, sem exclusão de formas de trabalho. A partilha de conhecimentos científicos, da informação e dos afetos fazem do trabalho imaterial um produto em si mesmo, de natureza circulante em um meio expandido. Um "devir comum" se dá em trocas e partilhas das singularidades – biopolítica que reduz divisões qualitativas e constitui a multiplicidade da multidão. Neste aspecto, a divisão cidade/campo perde significado político: o trabalho cooperativo através das redes, a comunicação por rádio, TV e INTERNET, mudanças na paisagem urbana e rural criam zonas de integração e alguma indistinção campo/cidade. O camponês, o operário e o trabalhador em serviços tendem a deixar de constituir categorias separadas, o que contribui para a elaboração de pautas comuns em torno de ecologia e combate à pobreza. O que antes se definia como alteridade firma-se agora enquanto diferença cultural, não referida ao modelo europeu (onde o não-europeu se situava no passado primitivo ou camponês). A contradição identidade/diferença não configura a multidão, definida agora como "de singularidade e partilha" (NEGRI & HARDT, *idem*, p. 172). Neste teatro se conjugam as categorias em um só lugar: espectar (ver, *theatrein*) e expectar (experimentar expectativas). Brecht, Piscator, Meyerhold (homens da vanguarda de um teatro proletário) se encontram e abraçam o trágico, tensionando-se com ele.

Tais condições de saber e de vida social requerem esforços de pensamento acolhedores do ensaio como forma privilegiada de especulação sobre o que escapa aos modelos e ao par verdadeiro/falso. A história do teatro atual – um discurso que procura capturá-lo em seu acontecer – não pode estar livre de fortes tensões. A incompletude e o inacabamento, as mudanças de rumo acompanham as reviravoltas da própria cena, sua errância. Adotar a múltipla visão é tomar os discursos como necessariamente singulares e falhos, no âmbito de um pensamento que se volta para compreender seus próprios processos e a produção subjetiva. O diálogo entre o mundo e o teatro exige vê-los desterritorializarem-se um no outro; abrem-se então fendas subjetivadoras que expõem falibilidades na procura de inteligibilidades. A memória curta do presente dá testemunho das tensões com a memória longa, outro nome para a história (DELEUZE & GUATTARI, *idem*, v.1). A verdade depende de adesões: afirmá-la faz eclodirem os sujeitos (BADIOU, 1994). Pensar o teatro é ensaiá-lo – tentar, repelir e repetir caminhos, como se faz no preparo da cena para escavar camadas de possíveis sempre singulares, sempre em rede rizomática. A árvore serve como pano-de-fundo, a fazer ver os acontecimentos que rompem com ela. Ensaiar é aderir ao provisório, lançar-se ao descentramento e desnaturalizar os procedimentos para ver neles a sua necessária porção de barbárie, a sua incivilidade civilizadora. Ensaiar a cena e o pensamento perfaz o caminho da hesitação.

Aqui me permito ensaiar analogias: apontar semelhanças não redutíveis à igualdade. Na cena e nas ruas, "O plural é o Mal" (BARTHES, s/d). Os trânsitos singular/múltiplo, eu/nós perfazem a face demoníaca e ameaçadora da multidão; confrontá-la seria mais fácil se ela se deixasse apanhar pela identidade de um partido, uma classe, uma etnia. "Tudo é um" (Heráclito), no bando dionisíaco como na multidão: ambos fogem à individuação e à lógica da quantificação. Suas diferenças operam, tragicamente, no âmbito do comum e na demanda de um corpo coletivo que não se contenta em ser corpo político e orgânico regulado pela ordem social e pelo Estado, fosse este o da *polis* grega, seja o Estado atual. A multidão é corpo sem órgãos, rebelde e em êxtase como as bacantes. Os acontecimentos aparentemente desconexos das ruas de hoje mostram definitivamente o fim das grandes e coerentes narrativas que a modernidade sonhou recuperar. Nosso tempo é anti-saudosista e avesso ao derrotismo, fugindo ao povo e à nação. Recusando o corpo político, esse "monstro" entrega-se ao perigo e às possibilidades: confluência trágica que anuncia alternativas obscuras, na inclusão do "Outro" amaldiçoado e expurgado.

O desejo de democracia da multidão apresenta-se, possivelmente, em posição análoga ao da sociedade grega pré-formação da *polis*, contra os tiranos. A acima referida "urbanização do rural" é mais um fator de analogia com a Grécia Arcaica e trágica, pré-*polis*. Nosso teatro desfaz-se da unidade narrativa e abraça a errância do coro. Zé Celso assim o faz em *Os sertões*; do mesmo modo, Antônio Araújo e sua BR-3, circulando pelo Brasil em desfile de suas misérias nas águas do Tietê e da Baía de Guanabara:

(des)territórios aquáticos que, sulcados, fazem e desmancham trajetórias. Roberto Alvim mergulha as personagens de Ésquilo na extrema obscuridade que as coloca num vai-e-vem entre a máscara individual e a indistinção arcaica de onde provêm (*Peep classic Esquilo*): são hieróglifos. Em quase imobilidade, os corpos e suas intensidades deslocam-se entre a *skene* e a *orchestra*; são estátuas e dançam no tempo. A arena política promove o encontro de Brecht, Artaud e o trágico.

A MORTE DE SÓCRATES: TRAGICIDADES E ENTRELAÇAMENTOS

Façamos analogias entre o "espaço potencial" de Winnicott e um quadro de Jacques-Louis David, estabelecendo processos relacionados ao desenvolvimento da linguagem e ao trânsito entre expressões (teatro, pintura, filosofia). Verificam-se articulações, mediações e entrelaçamentos que acompanham a produção de subjetividade. Os conceitos trafegam entre o teatro (a tragédia) e a teatralidade (o trágico), a pintura e a pictorialidade. Quero apreender uma expressão pautada pela multiplicidade de vozes que atravessam tempos, espaços e diferentes concepções da arte.

Captar, contra a estética clássica, potências trágicas onde não há tragédia; compreender processos de transbordamento dos limites da linguagem teatral para a pintura e daí para fora dela, com o intuito de compreender aspectos e processos de uma teatralidade que se mostra entre a estética iluminista e a contemporânea (inacabamento, "vazio pleno" – conforme dizia Lígia Clark). São estes os intuitos destas indagações. Parte-se do "espaço transicional" (WINNICOTT: 1975): um vazio experimentado como plenitude e potência de engendramentos. Potência que, como tal, constitui-se de inacabamento e incompletude.

No trânsito, o intervalo entre a cena pictural construída em torno da mão de Sócrates e o que a separa do cálice de cicuta, em um quadro de Jacques-Louis David, intitulado *A morte de Sócrates*. Esta obra fornece coordenadas postas numa ordem de analogia com o teatro, possibilitando o acesso a questões relacionadas às ambições romântico-iluministas. O espaço potencial articula a razão (neo)clássica à poesia trágica, numa tensa mediação entre o que se revela pela visão (o quadro) e o que se oculta (a teia de significações implícitas). No deslocamento, cartografias instáveis. Os territórios se contêm uns em outros: conjuntos que se articulam por união e interseção, cada um deles comunicando-se com seu "fora" e exercendo-se, ao mesmo tempo, como parte e totalidade. O movimento de interrogar esta cena múltipla, cujo enredo circula quase oculto pelas simetrias, tenta desfazer e refazer a orientação dos olhares. O quadro de David configura uma certa idéia do trágico em momentos inaugurais da modernidade. Nestas malhas, a tragédia – ou o que sobrou dela após a apropriação dos gregos pela democracia burguesa em processo de formular-se e impor-se, fazendo-a transfigurar-se em melodrama. Daí aos contornos (ou à falta deles) no espetáculo teatral dos dias atuais e às circulações contemporâneas do trágico. Depois de explorar as feições da personagem Sócrates (no quadro de David e no panorama mais amplo da cultura ocidental), é a vez de buscar compreender, através de Deleuze e Guattari, as linhas de fuga que produzem múltiplos processos e territórios onde o "herói" deixa lugar a expressões mais próprias de um coro, na cena de hoje.

Antes disso, será útil entender, com Winnicott: algo entre a mãe e o bebê não é nem um nem outro e se constitui de ambos. Uma ilusão, para o bebê, de que o seio lhe pertence e faz parte dele, não como objeto externo percebido, nem como objeto interno concebido. A mãe está ali para ser encontrada pelo filho e concordar com ele em abrir mão das identidades. Esta relação não se pode compreender como intercâmbio, mas como trânsito numa área de interseção. Deste modo, "psicologicamente, o bebê recebe de um seio que faz parte dele e a mãe dá leite a um bebê que é parte dela mesma" (WINNICOTT: *idem*, p. 27).

No intervalo entre a mãe e a criança, algo substituirá o seio para manter a ilusão; um objeto, ainda não reconhecido como tal, que fará também parte do bebê: chupeta, urso de pelúcia, ponta de lençol. Um terceiro espaço se constrói entre o sujeito (bebê) e o objeto (mãe, chupeta), lugar de experimentação das trocas entre o mundo interno e o externo. O objeto transicional não pode ainda ser reconhecido como pertencente à realidade externa. A mãe tratará de mantê-lo presente e ao alcance da criança, assim como fez (e faz) com o seio, até o desmame – um ritual de separação mãe/filho. Importa, nesse lugar de experimentação, uma certa equivalência entre o real e o simbólico: "O fato de ele [objeto] ser o seio (ou a mãe), embora real, é tão importante quanto o fato de representar o seio (ou a mãe)" (WIN-

NICOTT: *idem*, p. 19).

A ilusão acima referida realiza um processo metafórico, onde o seio da mãe será identificado (assemelhado) com qualquer objeto que ofereça algo como o acolhimento materno. Nascem nesse espaço a linguagem e suas estruturas.

Destruir faz parte do criar. A ilusão precisa desfazer-se e a metáfora nominalizar-se: atribuição que se desprende de si e torna-se nome. A mãe continua em cena para atuar e aguardar. Ilusões, desilusões – contínua e simultaneamente. O espaço transicional proporciona a possibilidade de relacionar experimentalmente real e imaginário, interno e externo, sujeito e objeto. As brincadeiras infantis liberam esta tensão e preparam o mundo de relações culturais do adulto.

Ao se separar da mãe (reconhecendo-a como não-eu), a criança estabelece com ela um laço (reunião) de qualidade diferenciada daquela em que ambos se fundiam (e confundiam-se). Ao separar-se de seu urso, não há lugar para o pranto. Isto porque o urso "Perde o significado, [...] os fenômenos transicionais se tornaram difusos, se espalharam [...] entre a 'realidade psíquica interna' e 'o mundo externo', tal como percebido por duas pessoas em comum, isto é, por todo o campo cultural" (WINNICOTT: *idem*, p. 19). Digamos que aqui comparecem a metonímia e a sinédoque.

O contexto tornou-se texto. Retomando-se a sequência de fases interpenetradas, 1) mãe e bebê fundidos psiquicamente em um só; 2) mãe e bebê iniciam a separação – advento de outro objeto transicional que não o seio; 3) separação realizada – estruturação da linguagem e suas figuras e das relações culturais – uniões, interseções, cisões. A metáfora relaciona um sentido literal e outro figurado, criando um campo semântico nos espaços entre o enunciado e a sugestão. E não há, para o fruidor da obra de arte, por exemplo, a necessidade de escolha, pois o desafio é o tráfego pelas áreas de ambigüidade. A função da metáfora é precisamente criar novos sentidos, ampliando os níveis de relação com a realidade. Entre o sentido literal e o figurado navegam tensões – analogias e anomalias: "'anjo azul' [...] 'manto de tristeza' [...] a estratégia do discurso pela qual a enunciação metafórica obtém o seu resultado é uma absurdidade [...] revelada pela tentativa de interpretar literalmente a enunciação" (RICOEUR: 1988, pp. 61-2). Esta tensão reduz o hiato entre diferenças e estabelece a semelhança; a partir dela, um novo sentido se instaura.

Ricoeur chama atenção para "metáforas mortas", cujo significado se esgotou pela repetição. É o caso de "pé de moleque", onde não mais se percebe o choque entre os níveis do enunciado. Winnicott realça a perda de significado do objeto transicional. Provavelmente, o mesmo desgaste se dá pelo excesso de uso, mas tem efeito inverso: a semelhança se desfaz para dar lugar à percepção da diferença (o seio e a chupeta). Mas a aquisição da capacidade de metaforizar deu-se definitivamente e a renovação é constante. A cada evento de metáfora, abre-se potencialmente a criação artística, alimentada pelo que a linguagem corrente suspende para refazer, figurando e transfigurando seu inesgotável "reservatório de sentido" (RICOEUR: *idem*, p. 77).

Winnicott adverte que, ao falar de seio materno, refere-se à mãe. Não necessariamente à mãe biológica, mas à função materna e às "técnicas de maternagem", desempenháveis por qualquer pessoa. Do ponto de vista do bebê, as ilusões não são objetos internos (alucinações), nem externos (percepções). São objetos investidos da nascente subjetividade; zonas de experimentação do que, em pouco tempo, será linguagem; e, como tal, sistema de metáforas, considerando as figuras nelas implicadas. O espaço transicional se define como potência de metáfora; nela, o par semelhança/dessemelhança é a base da transfiguração onde o texto se contextualiza e se gramaticaliza, descontextualiza e desgramaticaliza.

Passemos agora ao quadro *A morte de Sócrates* (1787), de Jacques-Louis David (um filho – ou um dos pais – da Revolução Francesa) para nele descrever processos de linguagem, tendo Winnicott e o espaço transicional como conjunto de referências. O quadro em questão marca o desejo de retomar os temas greco-latinos tais como compreendidos pelo Iluminismo: a excelência em "seriedade" e "objetividade" – controle do mundo por sua imagem de acabamento, harmonia e totalização. Nisto se apóia o Estado soberano (SZANIECKI, 2007). Moral e estética se combinam no antissensualismo e "sinceridade", ideais burgueses contra o hedonismo reinante. O clássico se impõe sobre o mundano, o libertino (ou o libertário), o popular. David foi o pintor responsável pela política cultural do Governo Provisório e seu apreço aos elementos essenciais que traduziam os anseios da burguesia revolucionária: linhas nítidas na disciplina da distribuição simétrica de figuras sobre a tela.

Curiosa em *A morte de Sócrates* é a ocupação do centro do quadro por uma linha imaginária vertical em que se salientam a mão do escravo com a taça de cicuta e a mão de Sócrates. Em torno e à direita desses personagens, os discípulos, que recebem do Mestre as últimas lições. Alguns choram, outros se prostram com tristeza. À esquerda do observador e ao fundo do quadro, duas figuras abandonam o recinto onde se dá a cena principal. Isto serve para compensar a menor quantidade de discípulos deste lado da tela. Há como que um desvio para o fundo, a fim de não sobrecarregar, visualmente, o primeiro plano, mantendo as simetrias. No *Fédon* de Platão, comenta-se várias vezes a posição em que Sócrates se apresenta no quadro, muito posterior, é claro, de David: "Ao mesmo tempo que dizia essas palavras, baixou as pernas até tocar com os pés no chão; e assim sentado permaneceu até o final da conversa" (PLATÃO: 1983, 61d). Podemos também identificar no quadro a figura de Fédon, através de uma sua resposta a Equécrates: "Vou contar-te. Eu estava por acaso sentado num tamborete, à sua direita, encostado ao leito; ele, portanto, bastante mais alto que eu" (PLATÃO: *idem*, 89b).

Voltemos às mãos. Entre a de Sócrates e a taça, um espaço: intervalo entre vida e morte. Nota-se a torção do tronco de Sócrates, que volta o rosto para o lado oposto ao da taça (pura indiferença?) e continua sua preleção aos discípulos, mão esquerda erguida, dedo indicador em riste. Outro intervalo digno de nota é o que se coloca entre o corpo do escravo e o de Sócrates. Mais do que o explícito, importa o que não está pintado (como as entrelinhas do escrito) e, no entanto, desenha os contornos do terceiro espaço winnicottiano, para nós o reino da metáfora. Comecemos pela pergunta: por que o título do quadro é *A morte de Sócrates?* Onde está a morte, se, tristes ou alegres, todos estão vivos? Ainda: a taça de cicuta pode perfeitamente passar por um cálice de vinho. Mas, vejamos: o vazio encontra-se no lugar da figura da morte, que consta no título do quadro. O intervalo contém uma metáfora expressa pela semelhança entre Sócrates vivo e a sua filosofia, viva no Ocidente. Explicando: Sócrates ainda não bebeu o veneno; mas o quadro de David não precisa revelar tudo, mesmo porque sempre haveria algo mais a sugerir. Trata-se da alegoria da morte, em sua ambígua presença-ausência. A falta é constituinte, permitindo que se atravessem as literalidades, numa região de dito/não dito; insinuado.

Entre a mão de Sócrates e o veneno, todo um mundo de potencialidades se abre. Na *Apologia de Sócrates*, Platão mostra o Mestre a contrapor, em seu combate aos sofistas, persuasão e verdade; para os acusadores, há vergonha em ser refutados, do mesmo modo que seria vergonha para Sócrates revidar a injustiça contra ele cometida. Mais importante que salvar a vida é defender a filosofia, compreendendo-a como um serviço cidadão. Em *Críton*, a fuga lhe é oferecida; mas, em tais circunstâncias, a morte é um bem que garante a Sócrates a preservação de sua aretê – a excelência no trato com a verdade. Em *Fédon*, a despedida dos amigos até o instante da morte – o quadro ilustra o texto. A crença na imortalidade não permite apenas que Sócrates seja o único a não lamentar o seu fim, mas é, por si mesma, exigência de virtude e cuidados com a alma a ser liberta da prisão do corpo. Todas as linhas do quadro levam a Sócrates e seu suposto ascetismo. Ele seria esta alegoria. Compreenda-se: o quadro está empenhado na identificação de Sócrates com Cristo, exemplo ambos de desprendimento em relação à vida. O primeiro aceita a morte porque sabe a verdade e quer transmiti-la à posteridade (forma de vida eterna); o outro doa-se pela Salvação da humanidade. Ambos, em seus momentos finais, dirigem-se aos discípulos, para dar-lhes os últimos ensinamentos. O quadro se aproveita da imagem de Sócrates construída por Platão.

Do diálogo ao quadro: o tom de ironia que pontua o texto platônico transmuta-se em imagem de altivez e desdém para com o cálice de veneno. As figuras em torno demonstram a tentativa iluminista de compor a tragédia com um coro lamentoso. Sócrates é um ser especial, deslocado (*atopos*) no diálogo entre o adiamento da morte e a serenidade ao ingerir o veneno. No quadro, este deslocamento (excentricidade do "asceta" que quer a morte) se faz pela separação dos discípulos. A atopia informa também sobre a atividade filosófica, que se distingue de todas as outras. Privado de lugar, o filósofo advém ao lugar na possível alusão ao filósofo-rei da *República* de Platão e na utopia republicana do Iluminismo. Por isto ele ocupa, no quadro, o centro para o qual se olha. Os braços abertos conferem sentido a todos os elementos em volta: a cicuta; a atitude da mão esquerda de um pedagogo, erguida em direção ao Infinito e ao Transcendente; o abrigo consolador a todos os que choram por Sócrates. Esta é a versão iluminista do Cristo na *Última ceia*, de Da Vinci – veremos daqui a pouco.

Do quadro ao observador: o Sócrates de David sabe que está a inaugurar a Razão e o Ocidente. O Sócrates de Platão sabe que não sabe. É o não-saber filosófico que almeja a sabedoria; enquanto há os que pensam saber e por isso jamais alcançam o saber. Esta questão está eliminada do quadro, pois, nele, todos sabem que Sócrates sabe. A atitude é de devoção e lamento por aquele que sabe. Todas as dúvidas se recolhem ao pequeno hiato entre o cálice e a mão. Um terceiro espaço-metáfora coloca-se entre a tela e o fruidor atual, que conhece todos os outros intervalos e pensa novas metáforas.

De volta ao espaço transicional e à metáfora: duas formas de nomear aquilo que radica na processualidade. A metáfora que escolhemos examinar – o quadro e suas simetrias – expressa o desejo de construir um mundo de perene harmonia, em perfeita estabilidade, livre de turbulências, lugar onde a idéia se instala definitivamente como verdade. Mas, entre a mão e o veneno, o Mestre e o escravo, reside o inacabado, o sempre-em-transição; reside, inclusive, Nietzsche, que vê em Sócrates (e em sua mão tranquilamente estendida para a morte) o homem teórico, em oposição ao homem trágico: "em todos os homens [...] o instinto é [...] uma força afirmativa e criadora, e a consciência uma força crítica e desanimadora, em Sócrates é o instinto que se revela crítico e a razão [...] criadora – uma verdadeira monstruosidade [...]" (NIETZSCHE: 1982, p. 104). Mas esta não é a única possibilidade de traçar o retrato de Sócrates. Veremos, daqui a pouco, que, no belo livro *A hermenêutica do sujeito*, Foucault (2004) discorre longamente sobre a figura de Sócrates, a partir da noção de "cuidado de si".

A atopia (excentricidade de Sócrates, domesticada e disciplinada, no entanto, pela ocupação do centro do quadro) traz consigo o projeto (utopia) de praticar e qualificar o bem e o bom; prerrogativas de poder constitutivas de seu exercício: a linguagem, aqui, é autoridade. Sócrates é "nobre" (raro, verdadeiro, real) e de alma privilegiada (valorosa), alguém que é "Alguém", distinto tanto de Todo Mundo quanto de Ninguém. Certo desprendimento do corpo permitiria a Sócrates adquirir uma alma e tornar-se "homem". A conquista da eternidade teria moldado uma "moral de sacerdote" (NIETZSCHE: s.d.), correlativa a uma "moral de escravos", a abrir mão de atos de criação para cultivar o ressentimento: um apego ao passado que impediria criar o presente e vislumbrar futuros. Viver o passado é tê-lo como sempre retornante; neste caso, na imobilidade do Mesmo. A missão civilizadora de Sócrates não poderia deixar de traçar rastros de barbárie no mesmo lugar do rancor dos humilhados. Assombra nele o seu semblante de autoridade a ocultar a dor e a debilidade porque ele é um "homem superior", que faz passar a recusa de si por mérito e virtude. Esta gravidade sombria solicita uma memória que se transmuta em lei feita de culpa e pessimismo, privação de esquecimento e de presente, imputação permanente de dívidas.

O que o quadro de David celebra é a inépcia para a dor, estirpando também a alegria e garantindo uma modernidade voltada para o cálculo, o conhecimento binarizado – cabeça separada do corpo, rosto dividido em significância/subjetivação (DELEUZE & GUATTARI: 1996). Tudo é talhado para a sujeição à dívida com Deus, infinita e anterior a tudo e desde sempre inscrita no Livro (DELEUZE, 1997). Dívida tão metafísica quanto capitalista. A pedagogia do quadro é de niilismo, desertificação gloriosa. Mas, o

"[...] 'caráter inteligível' de Kant corresponde a um conjunto de coisas, das quais o entendimento alcança o bastante para se dar conta de que são *absolutamente ininteligíveis*)" (NIETZSCHE: s.d., p. 105). Dirigido a uma cega visão, o quadro de David não pode evitar a pergunta, posta no hiato entre a mão e o cálice, sobre a música – a vontade mesma, não mediada pela representação. Aqui, o espaço potencial se revela como articulação entre a razão clássica e o tempo da música e da poesia trágicas. Mediação, é claro, que inclui os opostos e pulsa nas duas direções, ao mesmo tempo em que as coloca em tensão.

Deste modo, a metáfora (para Ricoeur, um "excesso de sentido") transborda seus limites; a parte, nesta sinédoque, invade o todo e se sobrepõe a ele. As hesitações de Sócrates – entre fugir e ficar; defender-se ou apostar em sua filosofia; viver ou morrer – contêm-se no curtíssimo hiato onde Winnicott encontra a linguagem em suas porções mais arcaicas e trágicas. Arcaísmo e tragicidade contidos e domesticados entre o cálice e a mão. Dito de outro modo, trágica não é a morte de Sócrates, nem o são os lamentos do coro de discípulos. Nas linhas do quadro, a paisagem é um correlato do rosto desterritorializado do mundo. Rosto e paisagem desse mundo são traçados de modo a se espelharem reciprocamente e complementarmente, cumprindo a finalidade de configurar uma ética e uma estética de catecismo. O rosto de Sócrates evoca e produz a paisagem do Ocidente e o domínio da Cidade, compondo uma falsa tragédia denunciada por Nietzsche. Trata-se, então, de um melodrama, cuja música perde, agora, seu caráter de voz da vontade e deixa de compor-se com o volume de um corpo esquecido das dores da diferenciação. Corpo voltado para puro histrionismo mimético (NIETZSCHE, 1999). Ou, como queria Benjamin (1984), a morte de Sócrates passa ao largo da tragédia e do trágico, para inaugurar o barroco "drama de martírio".

A figura que fala e os discípulos que ouvem, conformes e conformados, escondem e fazem-se esconder por uma zona de sombra e enigma onde devires "clandestinos" desfazem as linhas e fazem "com que os próprios traços de rostidade se subtraiam enfim à organização do rosto" (DELEUZE & GUATTARI, 1996, p. 36). Desfazer o rosto é atravessar as significações e a subjetividade (biunívocas, binárias) e fazer delas apenas uma parte das intensidades que transitam pela paisagem-rosto do socratismo, escavando-lhe as superfícies e desterritorializando-lhe as pedagogias. As reterritorializações tanto podem reconduzir ao socratismo como podem desfazer rostos: suas cifrações metafísicas e poderes nelas inscritos. E podem também fundar novos territórios de multiplicidade e polissemia. Desalojar os discípulos e convocar as dissonâncias a abolir o uníssono (tal como o século XVIII imaginou o coro da tragédia) conduzem à experiência da multidimensionalidade dos corpos, do ir-e-vir entre poderes e devires. Então se desfazem "dicotomias e arborescências" (DELEUZE & GUATTARI, 1996, p. 44) do tipo pai-filho, homem-mulher, operário-patrão: a "máquina de rostidade [...] procede de modo tão geral quanto em seu primeiro papel de ordenação de normalidades" (DELEUZE & GUATTARI: 1996, p. 45).

Ultrapassada esta ordem, o coro agora é de bacantes: sua des-identidade (múltiplas subjetivações em processo) é o que veremos a seguir.

Se o rosto é Sócrates, o não-socratismo insinua-se ali para contrariar sua configuração, rompê-la e plantar alteridades, estranhezas, cisões. Mas a alteridade não é tolerada, a não-ser em certas condições de gueto em relação ao qual a gramática se impõe à linguagem e uma política se faz na "produção social de rosto [...] sua proliferação [...]. O déspota ou seus representantes estão por toda parte" (DELEUZE & GUATTARI: 1996, p. 51). Porém, a mesma arte que, no Iluminismo, traçou este rosto de Sócrates, é superfície para o traçar de linhas de fuga que atravessem o horizonte e produzam desterritorializações criativas, não-despóticas, velozes mesmo na imobilidade. Com a mesma arte, arrasta-se o rosto para o "a-subjetivo" e o "sem-rosto": coro não uníssono, mas polissêmico, dissonante e sempre por vir; libertação da tragicidade imprensada entre o cálice e a mão. A fenda pode abrir-se para o eterno retorno de (im)possíveis: paixões e (des)rostidades nascidas do rosto e dele desancoradas.

Agora a tarefa é voltar à tragédia e estabelecer diferenciações entre o sentido da ação aristotélica e o desenvolvimento fragmentário das novas narratividades teatrais. A ação clássica refere-se à representação de uma verdade transcendente ("arborescente") que se articula com o suporte lógico de duas retas em coincidência: princípio, meio e fim ligam-se às sequências de causalidade e tempo cronológico. Quebradas estas cadeias, impõe-se um discurso onde sentidos opostos são afirmados simultaneamente e onde o tempo presente é indistinção de passado e futuro (*Aion*). A "ação" tornou-se puro ato, verbo no intransitivo e infinitivo impessoal, sem flexões modais e temporais: um agir. Instalada na ordem dos paradoxos e sua potência geradora de sentidos, a ação é substituída pelo puro acontecimento: a fragmentação é multidirecionamento de sentidos não submissos à ordem cronológica. Faltam "bom senso" (seta a indicar a "boa" direção) e "senso comum" (que identifica o diferente sobre o pano de fundo do Mesmo, produzindo cognição e recognição). Nestas recusas, impõe-se o absurdo não como falta de sentido, mas como excesso (DELEUZE, 1994). O corpo retoma seus volumes, assume o regime do grotesco, sem limites ou modelos para sua figuração. A personagem – cujas coordenadas se ligam ao tempo e ao espaço da ação – não pode deixar de soltar-se de cadeias de profundidade histórica e psicológica; assume, assim, a superfície e a espessura de simples figura.

A resultante de tudo é a quebra da unidade de sentido do espetáculo, cujo espaço abriga vai-e-vens e trocas de posição atores-público; e investimentos no tempo presente, que dissolvem os contornos da individualidade e desfazem a relação dicotômica rosto/paisagem, eu/nós – lirismo coral. Entre a taça de veneno e a mão de Sócrates, uma linha de fuga acelera o intervalo, pressionando as margens para fazer passarem fluxos e intensidades. A cena é agora a de um corpo que dança porque escapou ao domínio do rosto; corpo espacializado em múltiplas direções, fora da moldura do palco à italiana e do quadro de David, ainda que estes permaneçam como sentinelas da cena "arborescente" – tronco que se enraíza em profundidade e entrecortado por ramos distribuídos por binarização e dicotomia. Mas a reterritorialização na árvore não é, necessariamente, hipótese de volta ou retomada. Trata-se de compor novos territórios a partir da composição de elementos desterritorializados, mantendo as potências de rostidade e paisageidade, com novos agenciamentos. Aqui está o coro, com sua dança rizomática e suas múltiplas vozes e corporeidades coletivas, desalojadas das dicotomias homem *ou* mulher, rico *ou* pobre, adulto *ou* criança. Com Zé Celso e a Oficina Usina Uzona, não há rostos, mas quase-máscaras: corpos multidimensionais e volumosos, percorrendo o espaço e transmutando-se uns em outros. Nesta quase-máscara alegórica, mostram-se ao mesmo tempo a individuação e a desindividuação, as conexões cabeça/corpo/paisagem brasileira. A orgia de *Os sertões* despaisagiza as páginas de *Os sertões*, arrebata-as das apropriações rostificadoras e da dependência política às paisagens da história. A dança, a música, as falas desfazem agenciamentos de poder que fixam significância e subjetivação. Canudos é múltipla, aberta, sem máscaras negativas que escondam, dissimulem ou revelem. Ao contrário do quadro de David, que dá formato à vida na política democrático-burguesa, aqui não há crítica à vida, mas adesão a ela pela criação; a arte não salva para a eternidade. O que salva é a vida, a engajar devires. Se o rosto é uma política, desfazê-lo também o é, nessas "desterritorializações positivas, que não irão se reterritorializar na arte, mas que irão, sobretudo, arrastá-la consigo para as regiões do a-significante, do a-subjetivo e do sem-rosto" (DELEUZE: 1996, p. 57). *Os sertões* é (são) novamente trágico(s).

Este coro não reproduz ou imita o coro grego pré-clássico; tampouco se trata de nostalgia dele, embora o processo seja de eterno retorno (na Diferença). A a-significância inventa combinações de rostidade com paisageidade, pictorialidade, musicalidade, numa libertação dos códigos. Este trânsito se serve da tragédia para fugir a ela em todas as direções, numa tragicidade fundada em rizomas. Esta cena é de "cabeças pesquisadoras", desorganizadoras, criadoras de possíveis.

Os livros de Platão, acima apontados, oferecem a face de aceitação da morte. É que estão em jogo o conhecimento e a verdade. Aquela face onde Nietzsche vê a perversão de trocar a vida pela Razão. Foucault (*A hermenêutica do sujeito*, 2004) põe em questão a figura de Sócrates (com a análise do texto do *Alcibíades*), associada, na filosofia, à máxima "conhece-te a ti mesmo" (*gnôthi seautón*), cujo significado liga-se, inicialmente, a "cuida de ti mesmo" (*epimeloû heautoû*). Em alguns textos, o conhecer a si mesmo subordina-se ao cuidado de si. Não se trata, então, de uma simples relação do sujeito com a verdade. A própria *Apologia de Sócrates* traz reflexões quanto ao cuidado de si como princípio ético: preocupar-se consigo (despertar a si) é comprometer-se com a cidade e despertá-la, despertando cada um, comprometendo-os consigo mesmos e com os outros, ainda que em sacrifício dos próprios interesses. Os atenienses, sem Sócrates, permaneceriam a dormir. O cuidado de si deve implantar-se como um aguilhão na carne dos homens, enquanto princípio de movimento e inquietude (FOUCAULT, *idem*. Cf. p. 11). Daí tem-se o solo para o conhecer-se a si mesmo: produzir e conduzir a si, a partir de um conjunto de regras facultativas, permanecem ao longo da cultura greco-romana. Esta afirmatividade socrática sugerirá, em Epicuro, que o cuidado de si inclui aspectos médicos (terapia do corpo) e filosóficos (terapia da alma). Em outras palavras, está em jogo a produção de subjetividade de todos e cada um, entre a ética e a estética da existência. Consideremos a "moral de catecismo" apontada por Nietzsche; segundo ela, Benjamin teria razão, ao conectar a morte de Sócrates ao "drama de martírio". Isso faria de Sócrates, uma figura associável à de Cristo, como indica Jacques-Louis Davi em seu quadro, fazendo aparecer uma serenidade resultante de ascetismo e renúncia. Nisto, aliás, o quadro esteve bem de acordo com o pensamento e a atitude burgueses, retomando, na modernidade, a longa tradição de mal-disfarçado rancor. Ao que tudo indica, Nietzsche vê em Sócrates o prevalecer do exercício do "conhece-te a ti mesmo" como força aniquilante.

Vejamos que, tal como o Sócrates em David, *A Última Ceia*, de Da Vinci, faz Cristo ocupar o centro do painel (paisagem--rosto do cristianismo). Todas as linhas convergem para Sua cabeça. Mas Ele não se dirige a nenhum dos apóstolos. Isto sugere a pretensão de que Sua figura totalize todas as metáforas, alegorias e sentidos possíveis; ela contém em si o próprio Judas (a traição) e Pedro (a negação), que dialogam com o Mestre sem que as faces O encarem. Estar no centro da simetria confere a Cristo a ilusória possibilidade de cobrir elipses – mas alcança apenas ser um traço-de-união, o que também é separação e conseqüente produção de mais e mais vazio. Os intervalos entre Cristo e cada um dos apóstolos (e os intervalos dos apóstolos entre si) são vãos e desvãos do cristianismo. Winnicott, com seu terceiro espaço, mostra as fendas da criação, que se situam no intervalo entre a morte e o nascimento: processo alegórico de tensão entre contrários. Deleuze e Guattari desmontam a máquina de rostidade que produz os rostos de Sócrates, Cristo, discípulos e apóstolos; a mesma máquina que se põe entre mãe e filho para fazer, de cada qual, um rosto. Mas, as mesmas fendas abrigam linhas de fuga e trajetórias de forças de ruptura e diferença. São como os ditirambos, anômalos e dissonantes.

A RESPEITO DE TRÁGICOS E ÉBRIOS*

Pensar a vigência e o vigor da tragicidade no teatro contemporâneo exige esforços de retomada de alguns dos traços que, ao longo das épocas, deram sustentação lógica e materialidade aos conceitos. Corpo/espaço/tempo encontram-se entre esses traços, instituindo entre si fronteiras e interpenetrações, mútuas dependências.

Os processos e as configurações teatrais históricas se deixam flagrar, de modo a traçarem-se entre eles contrastes, contiguidades, analogias. A representação teatral se exibe e fulgura, faz-se e desfaz-se, num incessante ir-e-vir entre dobras e redobras.

Recorrente, na discussão da tragédia, é sua possibilidade

* Primeira versão originalmente publicada na Revista de Estudos Teatrais Pitágoras (UNICAMP), v. 4, em 2013. Para esta edição, reuniu-se a *Memória e tragicidade*, publicado no VII Congresso da ABRACE (Anais), Porto Alegre, 2012.

de efetuar-se entre cristãos. O Livre-Arbítrio informa onde está o erro, responsabilizando inteiramente o humano. Além disso, a ideia de sentar-se "à mão direita de Deus Pai" afasta o conflito com a transcendência e instaura a noção de libertação, com a morte, das vicissitudes da vida. Isto afasta a tragédia; nela, é precisamente o engano que faz cair em desmedida (o que é próprio dos homens, o que pertence aos deuses?). Aceitemos: só entre os gregos houve tragédia; impõe-se, deste modo, a identificação de elementos de tragicidade em outras condições históricas e culturais.

Ficam os conflitos da subjetividade, tanto no terreno coletivo (a cidade, a política) quanto individual (transes da consciência, da relação de si para consigo e os outros). Por um lado, somos remetidos à tensão com a ideia de espetáculo (algo que se dá a ver), após a festa artaudiana; por outro, há que enfrentar riscos teóricos e equívocos de tomar a sociedade atual como lugar receptivo ao retorno do trágico, se confundido com a tragédia.

Aqui, privilegiam-se alguns momentos, tomando-se por base a luta posta entre o ritual e o teatro, as fendas e os abismos da cena. Em primeiro lugar, os gregos – a tradição e a democracia; em seguida, a subjetividade moderna apanhada em Tchekov e na cena de Appia, passando antes rapidamente por pós-renascentistas e romântico-iluministas. Finalmente, nossa lida contemporânea com forças de retorno da potência trágica, na crise das narrativas e fabulações.

O propósito é confrontar modernos e contemporâneos entre si e com os fundamentos arcaicos e clássicos. Comecemos por Hesíodo (1981), à falta de testemunhos textuais dos ditirambos, para tentar estabelecer certos aspectos dos rituais que os diferenciam do espetáculo teatral. Na *Teogonia*, através do canto das Musas, Mnemósine rompe e reestabelece limites temporais. Os suportes são o corpo e a voz do poeta. Este cultor de Memória zela pela justiça, fazendo-a vigorar onde a lei não é escrita. Nomear deuses e homens é torná-los presentes no tempo e no espaço, conferindo-lhes ser e verdade. Porém, a aparição é também ocultação, pois as Musas podem mentir e omitir, negando o ser. Este discurso é abrigado por temporalidades simultâneas e contíguas – eternidades manifestas na aparição do ser. As origens constituem o sempre e o agora, sem anterioridades e posterioridades. Tudo é Múltiplo; "tudo é um" (HERÁCLITO, 1980, p. 81) porque uns participam da natureza de outros – recíprocas imanências, permanências, contemporaneidades. Sendo filhas de Zeus, as Musas são também a origem do pai (suas mães), porque o retiram do não-ser ao pronunciar o seu nome e torná-lo presente.

Ficará para Platão (1963) dizer, cerca de dois séculos depois, que o nome é signo da coisa: a linguagem tornou-se racional, hipotática e abstrata. A realidade humana, no limiar Memória/História, eclode em máxima tensão com o Mito, sob regime democrático e palavra escrita. Daí a fundação do teatro: a aparição tornou-se referência e corporificação de tempos e coisas ausentes, dados ao olhar como re-presentação. O discurso encantatório de Hesíodo (ou dos ditirambos) cede a um tempo abstrato e pré-existente a tudo, homogêneo e inalterável pelos acontecimentos: tempo histórico e quantificável. A ação teatral será descrita pela metafísica aristotélica, numa reta de passado, presente e futuro – cronologia correspondente à lógica de causa e efeito. No âmago do arcaico e preparando a chegada da *polis*, o aparecimento do discurso lírico falara da experiência individual (sem que se tratasse ainda, claro, da dicotomia sujeito/objeto); encaminhava-se o agente teatral, em vínculo indissolúvel com a ação (embate com a cidade e os deuses).

Os antigos rituais reconfirmavam crenças, em intimidade com os saberes. Ato político-religioso, a fala do poeta (re)velava verdades e fundamentos da vida social: regras, anseios, indagações. Homero e Hesíodo modelavam sentidos para guerra e paz, plantio e colheita. Na democracia, refazem-se arranjos saberes/poderes. O sábio – poeta detentor de magias – dá lugar ao filósofo. A gestão da cidade submete-se ao juízo dos cidadãos, que investem em se persuadirem uns aos outros, no tribunal e na ágora. A religião choca-se com a realidade política e o pensamento racional (*mythós* X *lógos*). No ditirambo, alguém se separou do coro para falar em nome próprio. A perda de consenso impõe o diálogo – logos partido (*diá*). Nos conflitos herói/cidade, herói/mito, cidade/tradições, a tragédia manifesta as incertezas, em palavras e ações mergulhadas na desmedida.

A democracia grega requer a normatização dos comportamentos em função da "governamentalidade" (FOUCAULT, 2010). A veridicção implica formações de saberes, tecnologias de poder e práticas de si – produção subjetiva compreendida, sobretudo, como cidadania. Dizer a verdade é direito e obrigação: *parrésia*. A fala franca é passível de aprendizado, no cuidado consigo e a cidade. A parresia tece-se em todas as direções, variando no tempo; não se integra a doutrinas; voltada para o indivíduo e sua virtude (*arethé*) de coragem, vigora no campo político. Creonte diz a Édipo que busque a verdade. Serão ambos obrigados a ouvi-la, (des)entendê-la e proferi-la, (des)entendendo-a – fugindo à ambiguidade do oráculo ou enfrentando-a. O dizer-a-verdade não se detém na retórica (arte das estratégias de demonstração, persuasão, ensino, discussão). A parresia é desafio, insulto, crítica: ato de coragem. Pedagogia abrupta, pode conduzir ao furor e à injustiça – *hybris* trágica. De natureza agonística, a parresia não se reduz, no entanto, à controvérsia; trata-se, antes, da luta revelação/ocultação – *alétheia*. Este dizer-a-verdade não pertence à erística ou à pedagogia, à retórica, à persuasão ou à demonstração; não está nos efeitos do discurso, em suas estruturas internas ou finalidades. A verdade é parresia quando dizê-la desencadeia perigo: efeito no interlocutor, ricochete sobre o locutor – afetação e risco de morte; o caos primordial espreita a cidade, a verdade o fustiga. No discurso trágico, a teia aracnídea enreda os cidadãos e o herói-parresiasta. Édipo foge às predições e cai nas malhas dos deuses; depois, tendo furado os próprios olhos, não sabe até onde a decisão coube à divindade.

Uma nova razão traz dificuldades nas designações: é possível falar em tragédia fora e depois da Grécia? A que se referem trágico e tragicidade? A vida pública tensiona-se com os atos do herói. Certa analogia (um tanto equívoca) se estabeleceu entre Racine e os gregos, a partir da responsabilidade do homem com a sociedade. Em clássicos e barrocos, o embate do sujeito moderno consigo mesmo: reflexividade em tensão com o agir (Hamlet, Segismundo, Fedra). Mas lembremos que o problema da Renascença e do sécuo XVII é doutrinar para o absolutismo. Macchiavel soma-se a Descartes (o método, o sujeito de conhecimento)

Com os românticos, o desejo de morte para o reencontro com a liberdade do espírito absoluto explicita a soberania do sublime como modelo de excelência e virtude para o corpo; abnegação. A democracia moderna proclama o direito à dissidência, o que resulta em drama burguês. O trágico refugia-se no conflito de consciência. O sentido do mundo mergulha nas sombras infinitamente percorridas do *Fausto* de Goethe. Após a busca romântico-iluminista pelo trágico nos clássicos franceses ou em Shakespeare, não importa oposição ou síntese. Importam a sala-de-estar e os "males do século". Esperanças numa pedagogia realista e reformadora mesclam-se com evidências de malogro. À falta de ação, o trágico invade sonhos e ostenta (ir)realidades nos desvãos do sujeito. Tristeza algo cômica se insinua no lirismo, numa poesia sem eloquência. Abre-se fenda definitiva entre a cena (encenação) e a literatura.

Wagner considerou harmônico o encontro das artes do tempo (música, literatura) com as do espaço (pintura, arquitetura, escultura) apoiadas e reunidas no eixo do drama – últimos suspiros do aristotelismo pelo qual se buscavam, no passado, os fundamentos de uma sociedade livre. Em Bayreuth, a visibilidade igualmente distribuída garantiria a democracia do olhar; supunha-se reincorporar a alma das tradições. O trágico identificou-se ao melodrama (que confiava em soluções de moralização), diria Nietzsche (1982): o problema está no viver as vicissitudes do corpo e não nas "consolações metafísicas".

O palco burguês não alcança a extensão da vida social, malgrado Brecht. Na era da luz elétrica, dos transportes acelerados e da comunicação; ao lado do brilho da cultura de massas, as sombras do psiquismo confinam a tragicidade. O senso comum vê tragédia em qualquer manifestação de sofrimentos. A utopia marxista só se admite como trágica pela incerteza da revolução, com suas intensidades de emoção coletiva. Mesmo assim, há o comprometimento com a razão científica.

Na modernidade, a memória insere-se numa subjetividade que opõe a História da sociedade à pessoal. O corpo, descoberto como registro de hábitos motores capazes de repetir o passado, prolonga percepções antigas e liga-as ao atual (BERGSON, 1990). Esta sede das paixões é instrumento de ação, através de respostas a estímulos e escolhas de movimentos conscientes. A memória evoca percepções múltiplas, condensando durações: espessuras de tempos, intensidades e espaços. Isto libera a narrativa do encadeamento aristotélico e da dicotomia matéria/espírito. O corpo é imagem feita de imagens – de outros corpos, dos lugares por eles ocupados; perceber é eliminar imagens para circunscrever o corpo e seus "outros". As imagens ultrapassam a percepção, tornando-a "menor" que elas: resistência das coisas à representação. As personagens de Tchekov ambicionam completar o que falta à percepção do presente restaurando o passado; sonhando produzir o real – abarcá-lo, precedê-lo e moldá-lo ao que supõem seja sua experiência.

O sistema sensório-motor é movimentado pelas lembranças: não-ação, porque o agente é apassivado (apaixonado) pelo passado – tempo de extensões ilusoriamente homogêneas e contínuas, livres da rugosidade do presente. Agir seria recortar as extensões, mobilizar virtualidades e reações; mas Liúba (*O jardim das cerejeiras*) deseja livrar-se das afecções. Se o corpo é um ponto no espaço e a percepção um ponto no tempo, os afetos devolvem extensão ao corpo e duração à percepção. No agir do corpo sobre si e os outros, os vazios se preenchem em percursos de tempo e espaço. Instalada no passado, Liúba é anacrônica; não tem futuro, como sujeito individual ou classe. No presente, sua figura é espectro acossado pela venda iminente do cerejal e os avanços da futura (já muito próxima) revolução proletária. A memória faz-se de afecções do corpo e perceptos de imagens de fora; interioridade e exterioridade diferem em grau e não em natureza, porque as ações reais e virtuais se interpõem entre elas, transcendendo a matéria, mas aproximando dela o espírito convertido em imanência – ressonâncias entre os corpos. A vida, transfigurada em memória, estende planos de consciência, num perpétuo deslocamento da ação ao devaneio, em Tchekov. O passado não se projeta nas ações do presente, nenhuma lembrança impulsiona decisões. O que se exibe é um lusco-fusco entre a transparência e a opacidade do sujeito.

O temor de Liúba à indeterminação desfaz os liames com o trágico – agir em direção à liberdade e à aceitação do devir e do acontecimento. A mesma modernidade, que despoja o texto teatral de autoridade metafísica, dispõe a cena sobre a relação corpo/espaço, mediada pelo movimento de formas no espaço/tempo (APPIA, s.d.). Desta tensa duração (heterogeneidades e desarmonias) resultam narrativa e encenação. Ao ator cabe sintetizar tempo/espaço na sucessão de instantes: escultura móvel e pintura mutante, forma (espaço) deslocada no tempo. Neste corpo se processam vicissitudes do sentido: entendimento assaltado pela explosão das significações. Eis a tragicidade moderna, se houver – nos desvãos do sujeito em conflito consigo mesmo, na busca dos elos entre as coisas e os signos.

Em Appia e Tchekov (tomados aqui como paradigmas, entre muitos possíveis), o corpo emerge como *topos* de relações. Incompletude da marionete que antes era ligada à alma, na obsessão romântico-iluminista (KLEIST, s.d.; SCHILLER, 1997; DIDEROT, 1973). Entre os encenadores modernos, ela é produtora de figurações às quais se ata por fios invisíveis.

É necessário, atualmente, reobservar desempenhos relacionados a tempo e espaço, para compreender novas inscrições do trágico no capitalismo contemporâneo. Superado o fordismo e posta novamente em crise a noção de "povo", há que buscar analogias entre a categoria de "multidão" e o sujeito coletivo que faz corresponder o esvaziamento da ideia de personagem à não-ação (situação, narratividade) teatral. Na relação memória/história, as preocupações recaem, entre outras, sobre as novas condições de linguagem de um teatro político.

Artaud compreendeu o preço de saber-se furtado de si: a palavra é sempre de outro, o corpo é penetrado pelo outro (DERRIDA, 1995). Escavando a crueldade, Artaud expõe a representação: o que temos não é um corpo, mas um duplo sempre afastado de si, aquém e além do aqui-agora. Este desejo de presente e presença (jamais satisfeito porque a representação eternamente retorna) desfaz os contornos da cena e da narrativa, refazendo-as em potências de teatralidade e narratividade. A esta tessitura, que qualificamos teatro contemporâneo, dirigimos nossas indagações a propósito do trágico, na fronteira carne/corpo: a crueldade lida com o cru. Aceitemos que só entre os gregos houve tragédia; aceitemos que dois elementos se impõem para que haja tragicidade em outras condições históricas: o conflito com a transcendência (cuja consistência se esgarça modernamente), e com a cidade (a política). Somos remetidos à tensão com a ideia de espetáculo (algo que se dá a ver) e a experiência de quebrar espelhos e participar com o próprio corpo de uma cena que ao mesmo tempo nos insere nela e nos recusa.

Artaud indaga sobre a representação e seu poder duplicador, que nos afasta das coisas. Para ele, a morte de Dionísio é o lugar onde a origem se faz e desfaz, ponto indefinido no qual a cena do mundo se desteatraliza e se reteatraliza. Representar é estabelecer formas de presença, articulando tempos e espaços na narrativa. O "teatro da crueldade" situa-se além e aquém da ação; o tempo é o presente sempre esgotado em si mesmo; o espaço desfaz diferenças palco/plateia. Ritual sem deuses, o teatro é pura potência de teatralidade, nos limites de desarticulação/rearticulação das relações atores/espectadores.

Desconstruídas as noções de encenador/encenação, já não se trata de partir de um texto e seu atrito com a cena. A performance situa-se no problema. Aqui nos reencontramos com Duchamp: a iconoclastia atinge a obra como objeto de contemplação, evidenciando a crise do suporte. Teatralidade, pictorialidade: circulação trágica voltada para o efêmero e o embate com a morte – da arte, inclusive, em eterno retorno. O trágico pode ser compreendido como processo e potência de reengendramentos. A esta tessitura, que qualificamos como "teatro contemporâneo", dirigimos nossas indagações, na fronteira carne/corpo: a crueldade lida com o cru.

O naturalismo sonhou um teatro capaz de copiar o mundo a ponto de reduzir a zero a diferença entre um e outro; Artaud buscou este zero, recusando a representação para instaurar puras presenças. Mas o zero é um espelho do mundo (KUBRUSLY, 2012): vazio e pletora; os negativos são tão infinitos quanto os positivos. Ao se desfazerem, ação e cena fazem-se atravessar um pelo outro; público e atores mergulham em um presente espesso, feito de memórias da narrativa estilhaçada. As figuras transitam dentro e fora, enquanto os espectadores despojam-se desta qualificação para agir aquém e além do espelho. O "aqui" foi e é "lá", próximo e distante; o infinito contém-se no finito, contorcendo-se agora e sempre. O espaço é não-orientável como a Banda de Möbius. Assim os mares transmutam-se em *Os sertões* de Zé Celso. O zero move-se (orienta-se) nesse espaço, um não-lugar. Os eventos têm duração *aion*: passado e futuro comprimem o presente, zero que se transmuta em tudo. Os sujeitos eclodem em experiências múltiplas e entrecruzadas – permanente processo de tornar-se e deixar de ser no que os preenche e circunda.

Os sertões são entrelugares contendo lugares, presença que se furta e eterno agora: tempo que se inicia ao finalizar-se. As memórias são afetos que fazem, dos agoras esvaídos, blocos de eternidade. Os agoras são ilusões: o espaço torna possível, ao não-ser, revelar-se como ser. A eternidade é não-tempo tanto quanto o presente, à diferença que este pode fingir-se de ex-istente (fora de si para deixar-se ver), na atuação de sujeitos eclodidos em de-cisões (divisões, fracionamentos) do indecidível (BADIOU, 1994). O agora (*hac ora*) é neste instante: demonstrativo preposicionado, advérbio a efetuar-se como verbo e gesto para inscrever-se na história e fazer de conta que há tempo. *Os sertões* são múltiplos; referem-se a possíveis, além e aquém de Euclides e Canudos; as evidências históricas cedem à experiência de mistérios e inesperados. São sugestões, metáforas, analogias trafegando pelo eterno e atualizando suas virtualidades em qualquer tempo e espaço, de pré-colombianos a pós-cabralinos. A "sertanicidade" expande-se e ultrapassa a História e a Geografia. O rizoma (DELEUZE & GUATTARI, 1995) de *Os sertões* tanto pode ampliar ao infinito suas 26 horas de espetáculo como pode dividir-se infinitamente: será sempre o reino do instante.

Aqui se unem política e pensamento racional em crise, mergulhados em imanência e incerteza. A matemática demonstra que há indemonstráveis. Zero fugidio e impossível: no fim da representação, ela fulgura. O inesperado é ruptura que dá passagem ao Múltiplo, contrariando consensos e instaurando dissensos como lugares poético-científicos. Nosso êxodo é coro sem heróis, a cantar e dançar o inexorável. Somos novamente trágicos, embora já não falem as Musas.

A desfronteirização da cena com seus espectadores tem um análogo nas condições políticas. A soberania supranacional abala limites; descentraliza-se, desterritorializa-se e reterritorializa-se, expandindo-se incessantemente. Conjugam-se lazer, cultura e economia, arte e consumo, impondo-se o fim da jornada de trabalho como valor referencial. Lidamos com a "multidão" (HARDT & NEGRI, 2005) – reinvestimento na orgia e no êxtase criador – e não mais com o "povo", figurado pelo operário. O trabalho imaterial o retira da fábrica (relações de trabalho precarizadas) para submetê-lo a novas práticas de acumulação de valor, num modo de produção baseado na comunicação.

Sob as condições em que finalizamos este livro, os conflitos internacionais, a exemplo do genocídio em Gaza, da Guerra da Ucrânia e de novos agrupamentos político-econômicos (BRICS) põem em causa a lógica e o poder do Império. Num momento de transição e incerteza, está em crise a ideia de uma soberania supranacional sob hegemonia estadunidense. O movimento por multipolaridade, encabeçado por Rússia e China, não impede, pelo menos ainda, que aquelas condições de trabalho se modifiquem imediatamente e em todos os lugares.

O Império ambicionava suspender a história e tornar-se eterno. A globalização pretendeu homogeneizar, mas também mobilizou forças de heterogeneização. Com as expectativas de multipolaridade, surgem horizontes onde o Contra-Império e os contrapoderes apresentam suas possibilidades. Hoje, os novos investimentos (a partir das associações multilaterais) em trabalho material tende a mudar o rumo da hegemonia do capital financeiro, revertendo-o em produção.

Os corpos se desmaterializam e virtualizam-se nas redes

sociais e no trabalho imaterial; mas, recompõem-se as atualizações na reinvenção humana e política das praças. O preço de não realizar isto seria negar ao corpo a chance de recuperar-se e entregá-lo a uma metafísica onde a alma, perdida na modernidade, aprisionasse a si mesma nas redes digitais. A carne não cessa de produzir figuras, diferenciando-se de si mesma. Mantêm-se, embora em imagens fragmentadas, algo dotado de inteireza suficiente para evocar e reconstituir amparos referenciais de narrativas dos quais se serve o teatro, uma arte cujas balizas ontológicas se definem em suportes materiais (corpo e espaço).

Potencializam-se revoltas e subjetivações: trágica desmedida da exploração capitalista, já antevista por Marx. A multidão, corpo coletivo ligado às redes imateriais de produção, comunicação e colaboração, conta com os afetos aí engendrados e salta para a História – presença no espaço e presente no tempo da cidade sublevada.

Na sociedade de controle (DELEUZE, 1992), a quebra dos espelhos encena o êxodo permanente por um espaço que informa sobre corpos singulares em novas relações, conjugando estrutura e superestrutura, interagindo num campo simbólico do qual nada está fora. Solapam-se identidade e história, provocando, em contrapartida, o crescimento das políticas identitárias. A nova subjetividade afirma-se e compõe-se com as redes da informática, mas não se contém nelas porque os afetos escapam às equações e abraçam os enigmas. O novo corpo é velho: somos pré- e pós-humanos, dotados de autocriação não apenas tecnológica, porque resistimos ao "corpo obsoleto" (STELARC, 1997) entregue às engenharias. O desafio é o limite de hibridização corpo/máquina: até que ponto a carne sustenta a identidade do humano e suporta o solapamento?

Desde a invenção da imprensa, o corpo deixou de ser o mais completo artefato de comunicação. Teatro e literatura testemunham que vozes e coreografias da narrativa oral refugiaram-se nas entrelinhas. Ao fixar o texto sobre a página e abrir mão do ritual de contar (CHARTIER, 2002), passamos a "ler" o corpo, abstraindo-o e refazendo-o na imaginação. O ator moderno decifrava códigos textuais para lhes dar corpo. Hoje, ele não interpreta, porque já não dispõe de uma personagem com história pessoal e familiar transitando em tempo e espaço delimitados pela narrativa. As figuras, sem profundidade psíquica ou histórica, prendem-se a uma temporalidade desdobrada em conjugações de presente: potência de narratividade que guarda a memória do teatro e o transfigura numa topologia deslizante e afeita a dobras e contorções sobre si própria. Todos os jogos de espaço são possíveis, colocando-se em causa a noção de presença. Corpos dilaceram a carne para ligá-la a dispositivos tecnológicos. A marionete retorna, conectada eletronicamente: a carne não cessa de produzir figuras, diferenciando-se de si mesma e recompondo arquétipos.

O cinema e os meios de comunicação mantêm, embora em fragmentos, algo dotado de inteireza narrativa (as séries e os folhetins) suficiente para constituir amparos referenciais dos quais se serve o teatro. Não são de surpreender as constantes retomadas dos clássicos em encenações que mantêm e reativam modelos de funcionamento da narrativa teatral.

No pós-fordismo, a comunicação atravessa a produção capitalista em todos os seus momentos e aspectos (serviços, finanças, indústria); a tecnologia digital está presente em todas as áreas da atividade humana, produzindo afetos, informação e cooperação. Emergem sujeitos na permanente indagação sobre a riqueza social; enfraquecida a delimitação das jornadas, como estabelecer a contradição trabalho/não-trabalho? Como estabelecer novas medidas de valor e referência? Neste campo de relações imanentes, caberá ao intelectual e ao artista posição não-vanguardista, acolhedora da (i)legibilidade do presente (VIRNO, 2008). Isso concerne à arte em sua feição trágica, não desligada do reino do comum. O presente é constelação onde diferentes temporalidades guardam semelhanças com o agora – analogia com o drama barroco visto por Benjamin (1984).

O êxodo da multidão é radicalidade que recusa os monopólios das decisões políticas para melhor desmontar os poderes, num novo materialismo que afirma a sociabilidade e o conhecimento em rede. Essa indeterminação tem consistência trágica. A multidão abriga a multiplicidade – não se trata de pluralidade numérica, mas de potência da diferença; não é apanhada pela metonímia "povo", não tem à frente o proletariado. Ela é força disruptiva, no fim da "sociedade disciplinar" (FOUCAULT, 1995). Na "sociedade de controle" (DELEUZE, 1992), tecnologias de vigilância in(en)formam o sujeito. Aguardemos o que resultará dos projetos de reindustrialização, que, uma vez realizados, não deixarão, certamente, de aglutinar essas heranças e transformá-las.

A arte da presença é abalada: como conceber tragicidade que não incida sobre os corpos? Solapada a inteireza do corpo (falta de carne das imagens, hibridismos), como conceber o humano? É trágica a dor da carne performática? O teatro contemporâneo recupera o trágico na multiplicidade da memória que quer-se ancorar no presente – presença da carne dilacerada e feita de retalhos de lembranças (do corpo, da alma, da ação). Mais importante que contar histórias (embora elas sempre ressurjam), é por em ato sensações e virtualidades. No pós-humano retorna o corpo que se acreditava capaz de figurar totalidades, mas é um corpo sabedor de sua fusão com o inorgânico e o tecnológico, definitivamente incompleto sem as suas próteses e ligações em rede. A configuração é de um sujeito coletivo e espraiado, a colocar em causa a indivisibilidade que fundamenta a ideia de indivíduo.

É da opacidade do passado e da inapreensibilidade do presente somadas ao desfazimento da ação que surgem os não-heróis coletivos, como em *A negra Felicidade* (direção de Moacir Chaves; Teatro Serrador, Rio, 2011). Os atores não representam personagens nomeados. Proferem seus discursos para fazer-nos tomar conhecimento de um processo de alforria em nome de Felicidade: as assinaturas são de demandantes e demandados – eternas terceiras pessoas a se multiplicar em teias referenciais. Trata-se de um chamado à coletividade para a recuperação da memória da parresia, com propósitos de exortação: cobrança à História a desocultar-se e restabelecer a dívida com o presente; chamado ao presente a pronunciar-se e pagar também o que lhe cabe. A constelação de terceiras pessoas estrutura uma primeira pessoa coletiva, que metaforiza a multiplicidade em jogos de atravessamentos das singularidades. O exortador distingue-se a si mesmo neste papel e distingue o outro como exortado – todos reunidos na exaltação do "nós". Este discurso desconhece gêneros porque sua vocação é abraçar o trágico, o cômico, o satírico. A verdade será sempre incompleta, sempre recuada e afirmada, posta sob um véu de ironia para seu desmascaramento. Brecht não pode deixar de estar presente ao banquete de Dionísio. Incompletude que é inacabamento.

Em *Os sertões* como em *A negra Felicidade*, trata-se de tocar o êxtase: o deslocamento do "si-mesmo" para "fora de si", num encontro com o outro. O trágico perfaz a ordem do contágio que se estende aos circunstantes, não mais apenas espectadores, mas partícipes do acontecimento da cena. Há violência no confronto dos discursos: inverdades, versões, pontos de vista. Assim se pode reinserir a verdade e a coragem para a sua busca. Nestes espetáculos, a falta de um herói individualizado distribui as vozes pela cidade: seus tempos e espaços, numa tragicidade não capturada pelo drama (ação).

Entre nós, as opiniões sobre futebol, TV ou atrocidades sustentam a sociabilidade. A comunicação "democrática" é alheia ao verdadeiro e ao falso (BADIOU, 1995). A verdade, por outro lado, exige fidelidade a um evento que perfura a lógica dos saberes e produz excesso de não-saber. Daí o advento do sujeito, um suporte para uma verdade (BADIOU, 1994). O sujeito é a localização de uma experiência múltipla e indeterminada; feixe de entrecruzamentos em um ponto. O processo é de permanente tornar-se sujeito. Por decidir o indecidível e apontar, p.ex., uma obra de arte, o sujeito compõe-se com ela, aderindo a uma nova "ética das verdades", sem deixar de ser ele mesmo – singularidade e espessura de multiplicidades, excesso de si sobre si. Sendo apenas alguém e, no entanto, derramado na condição de sujeito, é necessário continuar a pensar: manter os referentes histórico-políticos; abrigar, ao mesmo tempo, o não-sabido.

O corpo sem órgãos (DELEUZE, 1992) pulveriza o agir e dissolve a personagem: alguém que executa uma ação, deslocando-se em tempo e espaço. A multidão retorna ao coro de bacantes, o herói permanece em potência, tensionado entre passado e presente – encontro de *arkhé* com *techné*. A loucura do Conselheiro (um "nós" canudense) faz refulgir a desrazão de todos os poderes.

A palavra "tragédia" foi apanhada pelos usos comunicacionais "versáteis" (BADIOU, 1995). Recuperá-la se faz por correlatos (trágico, tragicidade), entre a espectação e a embriaguez de Zé Celso. O performático impõe-se ao dramático, porque drama (*dram*) não é ação destinada à contemplação e ao entretenimento das massas, mas acontecimento (NIETZSCHE, 1999). O homem político é convocado via Internet, neste presente laminado e feito de informa(tiza)ções. Reencontramos a espessura da historicidade nas imprecações e apelos da praça e da cena contra a injustiça. O trágico é novamente sóbrio e ébrio.

ANJO NEGRO: O ELOGIO DA DIFERENÇA*

Trata-se de maldições. Do amor (e do ódio) de Virgínia e Ismael, a branca e o negro; do aprisionamento do casal a conflitos e ressentimentos cujo suporte se encontra nas contradições que constituem a peça teatral *Anjo negro*, de Nelson Rodrigues, escrita em 1946. Até esta época, a personagem negra costumava ser interpretada por atores brancos maquilados; a dramaturgia e as encenações a colocavam em papéis secundários e socialmente subalternos, voltados para a comicidade. Esse Ismael é um negro doutor, concebido em contexto modernista de releitura de conflitos raciais numa sociedade que se urbaniza aceleradamente e põe

* Estas reflexões sobre *Anjo negro* constituem versão ampliada e modificada de texto originalmente publicado na Revista do Patrimônio Histórico e Artístico Nacional (25). Rio de Janeiro, IPHAN/MEC, 1997. Posteriormente, uma versão ampliada foi publicada com o título *Crni andeo: pohvala razlicitosti*. In: Revista Knjizevna smotra, v. XLVIII. Croácia, 2016. Trazemos, agora, pequenas mudanças em relação à versão enviada aos editores croatas.

em causa a sua formação. Em dias atuais, a revisão de *Anjo negro* evidencia o vigor deste texto cuja trama se coloca fora do tempo, um tempo qualquer onde as origens (virtualidades) se confundem com a atualidade.

Comparecem paroxismos: o modo através do qual se tratam os contrastes, no interior da narrativa. A maldição resulta da recusa em abraçar qualquer rebeldia às binariedades, ao descentramento, numa expectativa sempre reiterada de reter e controlar a vida em sua multiplicidade rizomática (DELEUZE & GUATTARI, 1995); a ilusão das personagens é encontrar uma unidade primeira que abarque e anule as diferenças. Encontram-se excessos satíricos, numa linguagem que traz alusões à *mimesis* clássica, distribuindo alguns de seus elementos de maneira a apontar trajetórias teatrais e dramas sociais. São decalques hierarquizados ("sistema arbóreo") sempre em recondução ao Mesmo. O cosmos fechado da casa dos dois não admite aberturas e reversibilidades. Nesse cosmos, o lugar é um só; o tempo é uma espiral de lembranças que aprisiona o casal, reiterando discursos e ações em que se movem as subjetividades. A moldura clássica não esconde os turbilhões porque eles transbordam.

Para Virgínia e Ismael, conectar heterogeneidades (regimes diferentes de signos, distintas naturezas e coisas no rizoma) seria comprometer os elos que os unem: os poderes exercidos um sobre o outro, a gramática de discursos. Seria operar contra o que julgam sua origem e traí-la num descentramento diluidor das unidades de sujeito e objeto. Seria, enfim, enovelarem-se numa trama sem medidas ou hierarquias. O território do lar e das núpcias dadas como contra a natureza estaria vazado, num intercâmbio dentro/fora e de negação das determinações e sobrecodificações. Eles temem as linhas de fuga proliferantes, os limites continuidade-ruptura. Ignoram que o que desfaz dicotomias encontra novas organizações de conjunto e reconstituições de sujeito.

Anjo negro ultrapassa abordagens históricas da escravidão (do século XVI ao XIX); não pretende teses sobre racismo. O problema recai sobre uma moral de escravo, negativa e reativa: o ódio que imagina vinganças; uma moral de recusa à criação (NIETZSCHE, 2013). Um negro e uma branca afirmam-se como opostos e enquanto tal se negam, exterioridades que são um para o outro, roubando-se reciprocamente toda hipótese de alegria. Para estes dois rancorosos, escravos um do outro, toda sua força é impotência e humilhação; para esta moral, o mal consiste no outro – fonte de toda fadiga. Virgínia e Ismael agem por inação; encerrarem-se em sua casa é negação de si e domesticação de vontade que se faz passar por mérito e virtude. Eles vivem e revivem a sua noite de núpcias, noite originária de suplícios, sem poder esquecê-la: lembrá-la é impedir que o presente se afirme e emprenhe o futuro. Sem intervalo entre esquecimento e memória, não pode haver invenção do existir; nenhum gozo, nenhuma esperança.

Voltados para suas lembranças, Ismael e Virgínia uniformizam e regularizam uma temporalidade feita de repetições, acostumando-se a regimes de tirania diária. A memória é sua maldição; a promessa é sua condenação, pois só são livres os que podem esquecer suas promessas, situando-se além de toda moral. As falas de Virgínia e Ismael são de desaprovação a si mesmos; falas de ressentidos e culpados.

A memória é o lugar onde se aloja a dor, para que nada mais ocupe espaço nesta casa de ascetas e pessimistas. O passado é feito de cicatrizes – dívida finita, gravada e cobrada nos corpos; e uma dívida infinita – escrita no Livro (DELEUZE, 1997). São as duas dívidas que sangram no negro e na branca; as vinganças perpetradas contra os filhos colonizam e escravizam a lembrança de quem jurou vingar-se sempre. A vingança é uma promessa sempre reiterada de cobrança da dívida, um compromisso com a eternidade das maldições, uma torção da justiça que atinge reflexivamente os dois lados: devedores e credores, Virgínia e Ismael. Punidores e punições identificam-se aos crimes. Nesta sequência de castigos inócuos, o caminho é o da morte, na casa que sempre foi um túmulo. Doentes de si mesmos (NIETAZSCHE, 2013), fazem de seu ressentimento o afrouxamento de sua força.

No cosmos grego, lotes são distribuídos entre deuses e homens. De frágeis contornos, esses lotes jamais deixam ver ao homem em que fronteiras sua ação incorrerá em excesso (TORRANO, 1981). As disputas e cobranças de dívidas entre os deuses recaem sobre os homens. Mas não cessa o combate destes para se apoderar da força daqueles. A chegada do irmão de Ismael, Elias, coloca em cena a figura de um Cristo cego, materializando o Deus que cobra e sacrifica a si mesmo, redimindo o homem para mantê-lo em dívida (NIETZSCHE, *idem*). A analogia da figura de Elias com Cristo é um elemento-chave: ela produz a percepção de que, em *Anjo negro*, não se instala uma problemática do trágico: a consciência devedora do monoteísmo sabe a quem deve. Disto resulta mais endividamento.

Ascetas e doentes, Virgínia e Ismael consagram-se a um ideal de totalização da verdade, uma verdade que não pode estar nem vir de fora da sua casa. Este ideal é uma fé que não admite fissuras e se julga a salvo de toda crítica. Uma fé excessiva e satírica, onde os alvos discursivos são os crentes. Tudo que restou de amor e paixão transmuta-se em mais escravidão e morte; louvores à mentira.

I

Numa casa sem teto ("para que a noite possa entrar e possuir os moradores"), cercada de "grandes muros que crescem à medida que aumenta a solidão do negro", mora o casal Virgínia e Ismael. Ela, muito branca, eternamente vestida de preto; ele, negro, sempre trajando um terno branco. No jogo de dicotomias de *Anjo negro*, os pares branco/negro, homem/mulher, nascimento/morte, útero/túmulo atuam em perene conflito, sem que o intervalo entre os opostos seja preenchido por pontos intermediários. Estabelecem-se insolubilidades que dão ao discurso tons de dimensões fatalistas.

Abre-se a cena: mais um filho, o terceiro de Virgínia e Ismael, é velado. Nesta casa onde "nenhum se cria", dez senhoras pretas lamentam a morte do menino e rezam. Nas orações, a busca de explicação para o problema; uma das senhoras diz que é "má vontade de Deus"; outra acusa "o ventre da mãe que não presta!"; uma terceira completa: "Mulher branca, de útero negro!". As senhoras, espectrais, ocupam a cena à maneira de um coro.

Tudo se passa quase que num não-lugar; a casa de Ismael é um cenário "sem nenhum caráter realista", conforme recomenda a rubrica de abertura do texto. Além da sala onde se dá o velório, há, no andar de cima, o quarto de Virgínia e Ismael, onde aparecem duas camas, sendo uma de "aspecto normal". "A outra, quebrada, metade do lençol para fora, travesseiro no chão". Ambas são circunstanciadores temporais: a primeira remete ao presente; a segunda faz presente, por eterna repetição, o passado. Este processo define o próprio discurso. Quanto ao espaço, ele se delimita em círculos concêntricos: em torno da casa, um tanque e o quarto dos fundos; fora dos muros, a fonte e o cemitério; tudo isto situado num "lugar no interior". A certa altura, Virgínia fala numa situação vivida "no Norte", quando era criança. As pretas, os pretos, a tia, as primas transitam dos círculos externos para o mais interno, modificando o discurso nas instâncias do centro – onde se encontram Virgínia e Ismael. Os percursos operam em temporalidade apresentada sobre circunstanciadores modais e espaciais. Indica-se que o negro e a branca estão casados há oito anos; o terceiro ato passa-se dezesseis anos depois dos anteriores. Fixa-se, portanto, uma situação arquetípica; estes traços de tragicidade dizem respeito a articulações do arcaico e do moderno (e, ainda, do pós-moderno) na sociedade brasileira.

No desejo da branca pelo preto e do preto pela branca, uma luta de contrários e uma maldição: a de viverem sempre juntos, em amor e ódio. São como uma folha de papel, em que frente e verso só são possíveis na indissolubilidade de um no e pelo outro. Aqui, negritude e branquitude ultrapassam o aspecto étnico para se apresentarem em dimensões arquetípicas e ontológicas.

Voltemos ao velório: Ismael vela pelo filho, no andar de baixo. Assim como, dentro da casa, as dez senhoras pretas circulam como espectros por todos os espaços, quatro negros "seminus, chapéu de palha, fumando charuto", aguardam do lado de fora (visível em cena) que o caixãozinho "de anjo" lhes seja entregue para o levarem ao cemitério. Surge um homem branco e cego, a quem os negros advertem:

> PRETO – Está-se arriscando, companheiro. O homem não gosta que branco entre aqui.
> PRETO – Você pode-se dar mal.
> PRETO – Está vendo esses muros? Ah, você é cego! Pois é: ele cercou tudo. Muro por toda parte. Para ninguém entrar. E se a visita teima, ele passa fogo. Já meteu bala num, foi, não foi?
> PRETO – Ora!
> PRETO – Só porque o sujeito, que era branco, veio espiar.

Ismael não quer a presença de brancos; mas também "não fale em preto que ele se dana!" – adverte mais uma vez um dos pretos, ao que Elias (o cego recém-chegado) comenta: "Quer ser branco, não perde a mania". Depois de tomar informações sobre a mítica vida do casal (Ismael é médico e rico, tanto que já não trabalha; Virgínia é branca e linda, conquanto ninguém a veja), Elias entra na casa, apesar de todos os avisos. Encontra Ismael na sala. Este lhe oferece dinheiro para ir-se embora, mas aqui passa a configurar-se uma simetria, onde o centro é Ismael e as duas laterais se representam por Virgínia e Elias, seus opostos brancos. Como o oposto busca a sua outra metade, Elias é irmão de Ismael: "Te procurei tanto, e me perdi tantas vezes no caminho!". Ismael nega-se a permitir que Elias beije a criança morta, mas lhe conta como foi o acidente: ninguém viu que o garoto se afogara no tanque. A negação do beijo leva Elias a dizer o que o traz: "... e eu jurei que viria dizer apenas estas palavras: Ismael, tua mãe manda sua maldição!". Diz em seguida que veio para ficar; ele mesmo encarna a maldição: ser para Ismael seu eterno contraste branco. Ismael concede-lhe apenas um dia (suficiente para que a maldição se desencadeie a partir da morte de seu enunciador), sob a condição de não sair do quarto dos fundos e não tentar falar com Virgínia.

Ismael vai ao encontro de Virgínia, no quarto:

> VIRGÍNIA (*com espanto*) – Esperava você! Só posso esperar você, sempre você, sempre. Só você chega, só você parte. O mundo está reduzido a nós dois – eu e você. Agora que TEU filho morreu.
> ISMAEL (*com certa veemência*) – Mas não foi isso que você quis? Quando aconteceu AQUILO, aí do lado (*indica o leito próximo*), que foi que você disse?

Tal como Eva após o pecado, Virgínia sentiu vergonha. Ela e Ismael encerraram-se na casa como se fosse um desses "Mausoléus de gente rica". Este é um casal originário, para o qual o mundo se resume aos dois e a "um filho no meio – um filho que sempre morre" e retorna, nascendo novamente. A cama onde "aquilo" aconteceu, a casa-mausoléu, o útero, os enterros; a terra que acolhe o morto para transformá-lo novamente em vida: circunstâncias de tempo e espaço em espiral, onde os sujeitos Virgínia e Ismael valem pelas alegorias que personalizam os lados das dicotomias em jogo.

> VIRGÍNIA – [...] Esse que morreu, esse que está lá embaixo – era MEU filho. (*Numa espécie de ferocidade*) Tão parecido com você, como se fosse você que estivesse me espiando pelos olhos dele.

Tal como Cristo, os filhos de Ismael são semelhantes ao pai, sua imagem. E Virgínia comenta ter-se lembrado de um rosto, mas não sabia de quem era; depois percebeu que se tratava de Jesus. Pede ao marido que lhe dê um quadro de Jesus para pendurar na parede e assim ter um rosto diferente do de Ismael para contemplar. O negro nega, pois "Não existe rosto nenhum, nenhum rosto branco! – só o meu, que é preto...". Ismael e Virgínia são o seu modo de ser: seus atributos e atribuições são suas imagens em preto e branco. Virgínia pergunta se Ismael teme que o retrato olhe para ela; e comenta: "Se fosse um Cristo cego, não tinha importância. Mas não há Cristo cego!". Não teria importância porque não poderia distinguir a diferença entre preto e branco. Ela ainda não sabe que esse "Cristo cego" existe e está em sua casa, na pessoa de Elias. E é prevenindo-se de que o cego branco e a branca vidente se encontrem que Ismael tranca a mulher no quarto, prometendo voltar mais tarde para, naquele mesmo dia, engendrarem outro filho, "que não morra como os outros".

> VIRGÍNIA (num grito) – Não, Ismael, não! Respeite este dia! (muda de tom, espantada) Não quero ficar grávida de um, no dia em que enterram outro! É como se o que morreu voltasse para o meu ventre e fosse apodrecer dentro de mim! (suplicante) Sim? Não hoje!

Ficou trancada a porta de Virgínia. Mas a qualidade de espectros confere às senhoras negras a possibilidade de penetrar no quarto e continuar seus comentários. Segundo uma delas, "Malditas as brancas que desprezam preto!". Ambos os lados das dicotomias branco/negro-homem/mulher mostram que, não havendo igualdade, as faces se equivalem na diferença; as imagens são de espelhos invertidos. Uma empregada negra, Hortência, sobe até o quarto da patroa e dá-lhe informação sobre a presença do irmão branco e cego de Ismael, Elias. Fascinada, Virgínia paga uma propina a Hortência para que esta abra a porta. Na sala, um diante do outro, Virgínia e Elias entram em idílio. Ele conta que ficou cego porque Ismael, já médico, trocara um remédio, de propósito, para tratamento de seus olhos. Conta também que a mãe negra de Ismael casara-se com seu pai branco e que Ismael, já rapaz, maltratava-o por ser branco. Diz Elias que Ismael negara sua origem de negro, matando em si o desejo por negras e mulatas, "ele que é tão sensual"; e que desaparecera de casa, "depois de ter dito à mãe dele: Sou negro por tua causa!"

É a vez de Virgínia contar sua história e dizer se gosta ou não de Ismael. Aqui aparece outra dicotomia, a do amor/ódio, apresentados os dois lados como forças de igual intensidade. Diz ela que tem ódio ao marido, mas em seguida:

> VIRGÍNIA – [...] A transpiração dele está em toda parte, apodrecendo nas paredes, no ar, nos lençóis, na cama, nos travesseiros, até na minha pele, nos meus seios (*aperta a cabeça entre as mãos*) E nos meus cabelos, meu Deus!

A sensualidade que permeia esse amor-ódio é melhor explicitada quando Virgínia passa a narrar seu casamento com Ismael. Ela estava com quinze anos e morava com uma tia viúva e as filhas desta, todas solteironas, menos a mais nova, que estava noiva. "Era a única que um dia deixaria de ser virgem...". Ismael era amigo da casa. "Preto, mas distinto". Virgínia estava apaixonada pelo noivo da prima e Ismael por ela. Foi flagrado um beijo entre Virgínia e o noivo da prima. Esta enforcou-se. Por vingança, a tia enviou Ismael à noite ao quarto da sobrinha para que ele a violasse. Ela gritou "como uma mulher nas dores do parto...". A rubrica diz que a sala cai em penumbra e ilumina-se a cama onde "aquilo" aconteceu e que nunca mais foi tocada: há oito anos a cama de solteira está fixada na mesma desordem daquela noite original. Na fala de Virgínia, a cama está num tempo e num espaço virtuais; a cena a mostra para colocá-la em tempo e espaço referenciais de presente e futuro. Diz Virgínia: "E continuará, depois da minha morte". Comprada a casa por Ismael e casado ele com Virgínia, a tia e as primas aparecem "quando um filho meu nasce ou morre [...] Hoje ainda não vieram, mas virão, tenho certeza, virão sempre...".

As dicotomias aparecem inscritas num ciclo eterno e também binário: vida-morte-vida-morte, sucessivamente, até o infinito. Morte e vida estão determinadas a cumprir a violação de uma pela outra, assim como Virgínia e Ismael vivem para violar-se mutuamente. À pergunta de Elias sobre por que não decidiu morrer depois de ter sido "possuída [...] assim", ela responde, explicitando seu próprio destino de eternidade:

> VIRGÍNIA (*com medo*) – Morrer, não. Não posso morrer. (*como uma fanática*) Nunca. (*desesperada*) Se eu morresse, ele não me enterraria, tenho certeza. Deixaria meu corpo na cama, esperando que eu, apesar de morta, continuasse tendo filhos (*lenta*) filhos pretos..."

A branca, violada pelo negro, viola-o, matando-lhe os filhos pretos – sua imagem. Neste final de primeiro ato, ela confessa o desejo de ter um filho branco. Daí o motivo de seduzir Elias: "Se não vier, desta vez, um filho branco – é outro que eu dou à morte".

Elias entrou no discurso como um elemento modificador. Até então, a cena e a fala eram descritivas. Com ele, introduz-se um fator novo, a maldição; e uma nova modalidade de cena, a narrativa. Agora se acrescentam novos modificadores, acompanhados por novas maldições. Enquanto os dois sobem para o quarto, a tia e as filhas solteironas chegam, atrasadas para o velório.

II

O segundo ato se abre com uma rubrica na qual é mostrado o quarto de Virgínia, onde a cama de casal se encontra na mesma situação de desordem que a de solteira. Espelhamento com as origens, imagem contra imagem, o presente se contrapõe e mimetiza o passado e o faz eternidade. Um presente que sai do passado e projeta um futuro de maldições. Embaixo, as senhoras pretas rezam em torno do tanque onde se afogou o menino; na sala de visitas, a tia e as primas: passado e presente postos em simultaneidade. Como a evocar o caos original, indica-se também que "A noite cai, contra todos os relógios, porque há ainda sol em outros lugares". O túmulo acaba de fechar-se. Alternam-se cenas de sala e de quarto: na primeira, as primas e a tia estranham que a casa esteja tão vazia, quando ouvem vozes vindas de cima; no segundo, Elias e Virgínia têm medo do aparecimento de Ismael, que poderá matar a ambos ou a um dos dois. Diz Elias: "Seria tão bom que você morresse, assim nem ele, nem nenhum homem – ninguém mais tocaria em você...". A morte dada por Elias a Virgínia não seria um mal, mas "uma coisa tão meiga como a morte de uma menina". Elias reluta em sair do quarto, disposto a matar ou morrer (desafio ao futuro), enquanto Virgínia mostra-se fria e desejosa de que ele se vá – ela é aprisionada ao passado e ao presente. Desce Elias (o presente), sobe a tia (o passado): encontram-se na escada. As acusações da tia levam Virgínia a confessar o que houve entre ela e Elias.

> VIRGÍNIA (*transtornada*) – Se soubesse como me sinto feliz. Hoje minha cama está pura – uma virgem pode deitar-se ali, sem medo nenhum, uma virgem, uma menina... É um homem que só me teve uma vez, e eu não considero isso amante – não é amante – compreende? Fui eu quem o chamei – eu, está ouvindo? Ele não me conhecia, nem eu a ele; e se não fosse uma coisa tão pura, eu não ia chamá-lo, não ia trazê-lo pela mão como um menino!"

Agora é a vez de a tia interpor-se entre Virgínia e Ismael. Este é um drama de vinganças, mas a punição pode tornar-se prêmio, pois quando se trata de sexo, trata-se de poder sobre a vida e a morte, o prazer e a dor. Poder que Virgínia tem, em contraposição à esterilidade (maior de todas as maldições) das primas virgens:

> VIRGÍNIA (*numa histeria*) – A senhora se vingou naquele dia, quando fechou toda a casa e mandou Ismael subir!
>
> TIA – Não bastou. Foi pouco, muito pouco... Ainda falta... E nem sei se o que Ismael fez contigo foi vingança. (*veemente*) Não sei. (*para Virgínia*) Te juro que se um homem fizesse com minha filha o que Ismael fez ali (*indica a cama quebrada*) eu ainda agradeceria – te juro! Se visse o estado de minha filha, da que ficou lá embaixo, se visses o que ela diz, o que ela faz... (*Neste exato momento a filha aludida assume uma série de atitudes eróticas, uma das quais é a de apanhar os seios com as duas mãos, exprimindo profunda angústia sexual*).

A vingança da tia, mais uma vez, não tarda; mas pode falhar novamente. Ao chegar Ismael, Virgínia o recebe carinhosa como nunca, dizendo amá-lo, propondo um passeio ao ar livre. Tudo para evitar que o marido se encontre com a tia. Mas esta aparece e conta a Ismael o ocorrido entre Elias e Virgínia. A tia e as primas são expulsas da casa e passam a compor, satiricamente, um quadro de torcida esportiva, esperando que Ismael mate a mulher. Reiteradas manifestações de amor e de ódio são feitas por ela, com insinuações de Ismael de que poderá matar a criança, já que assistiu (e silenciou) à morte de outras três crianças, pelas mãos da mãe – o que faz também dele um assassino. O ódio de Virgínia ao marido estendeu-se aos filhos negros; o desejo de ter um filho branco compeliu-a a Elias. A vingança nos filhos de Ismael remete-o aos caminhos do passado:

> ISMAEL – [...] É castigo... Sempre tive ódio de ser negro. Desprezei, e não devia, o meu suor de preto... Só desejei o ventre das mulheres brancas... Odiei minha mãe, porque nasci de cor... Invejei Elias porque tinha o peito claro... Agora estou pagando... Um Cristo preto marcou minha carne... Tudo porque desprezei o meu suor...

Aparece aqui, na superfície do discurso, o racismo. O negro Ismael assume, ele mesmo, a atitude do branco – com o qual deseja identificar-se – e despreza "o seu suor". Vê-se, na dicotomia branco/negro, a negação de si mesmo como condição de encontro com o outro. Negação compartilhada pelo casal com relação aos filhos, para que novamente se iniciem o ciclo e o conflito. Na iminência da vinda de um novo filho, agora branco, a luta recomeça pelo lado contrário. Mas Virgínia oferece Elias para satisfazer o desejo de vingança de Ismael. Ela conduz o cego de volta ao quarto, dizendo que Ismael não dormirá em casa. Em idílio com o branco, ela promete amar o filho como a ele próprio, "não com amor de mãe, mas de mulher". Ismael atira no rosto de Elias.

III

A rubrica de abertura do terceiro ato informa que já se passaram dezesseis anos e "nunca mais fez sol. Pesa sobre a casa uma noite incessante". Mesmo depois de tanto tempo, as senhoras pretas continuam em cena fazendo suas preces e comentários. Da relação de Virgínia com Elias, nasceu não um menino, mas uma filha, Ana Maria, que já conta quinze anos completos. Ela é cega como a casa (túmulo) e o sol ausente. A casa é um círculo único em torno de Ana Maria. A ausência de olhos impede-a de construir outros círculos, mais amplos, em extensões de um "fora". A cena se abre com as senhoras pretas tecendo comentários sobre Ana Maria, que é linda. O diálogo seguinte, entre Virgínia e Ismael, fala de uma mulher violentada, que gritou durante toda a noite sem que ninguém a socorresse. Assim como *Álbum de Família*, outro drama de Nelson, tem a sua sinistra "lagoinha", aqui é a "fonte" o lugar onde morte e sexo se encontram, numa dimensão mítica. Ismael não socorreu a mulher por se tratar de "uma desconhecida [...] como são todas as mulheres" para ele. "Todas, menos uma", emenda Virgínia. Ela sabe que se trata de Ana Maria essa “uma”. Mas quer retomar o seu lugar de mulher na vida de Ismael, que, não sendo pai da menina, é adorado por ela. Foi longo o caminho de Ismael até conseguir isso. É Virgínia que refaz o percurso:

> VIRGÍNIA – [...] Quando Ana Maria nasceu, o que é que você fez? Se debruçava sobre a caminha. Durante meses e meses vocês dois e mais ninguém no quarto; você olhando para ela e ela olhando para você. Assim horas e horas. Você queria que ela fixasse a sua cor e a cor de seu terno: queria que a menina guardasse bem (*riso soluçante*) o preto de branco. [...] Ana Maria tinha um ano, dois anos, seis meses, não sei, não sei... [...] e você pingou ácido nos olhos dela – ácido! [...]

Ismael cegara Elias para torná-lo incapaz de ver a negritude do irmão. Assim fez com Ana Maria, porém com intenções mais amplas: inculcar na menina uma noção invertida das cores, de modo a fazê-la crer que o preto é o branco; penetrar no que julga ser o espelho mental de Ana Maria (reflexo do mundo) e inverter os signos (sua memória visual) a partir dos adjetivos. A cor tornou-se uma palavra. Ismael cultivou o amor de Ana Maria e convenceu-a de ser ele o único branco no mundo. Fez com ela o que Virgínia teria feito com um filho homem, para amá-lo “não como filho”. Virgínia diz que criaria com o menino “um mundo tão pequeno, tão fechado, tão nosso [...] Como um quarto”. Ao cegar Ana Maria, Ismael concretiza esse seu mesmo desejo: encurtar o horizonte da menina (privá-la de círculos de relações) às dimensões de uma lembrança cromática (e contrastante) com adjetivos trocados. Eliminar o mundo em torno do objeto amado (e/ou odiado) é apossar-se dele. Ismael cegara Elias (objeto de ódio), na ânsia de dominá-lo; trancara Virgínia em casa (por vezes no quarto) para tê-la só para si e fazê-la esquecer o mundo; cegou Ana Maria para penetrar sozinho na sua intimidade psíquica. Ele é a única lembrança visual na mente da cega, que o idolatra com um olho interno. Olho (ou discurso) que reflete uma só imagem. Encerrada em sua casa-túmulo, a menina perde não apenas a função do olhar, mas também é privada de visão háptica: ela não pode tocar ou ouvir nada que não seja Ismael, nada percebe ou apreende que não pertença ao interior da casa. Ela será para sempre inapta, desprovida de correlações com as coisas.

Virgínia deseja falar com Ana Maria e contar-lhe todo o passado, inclusive sobre sua origem; quer, assim, tentar conquistar o amor da filha, roubado por Ismael. Ana Maria ocupa, neste momento, o centro da simetria: objeto de disputa entre Ismael e Virgínia.

O diálogo do casal é interrompido para a entrada em cena de quatro negros carregadores de cadáveres. Eles trazem, desta vez, o corpo da mulher violentada. Um deles diz a Ismael que desconfia de quem seja o autor do crime: “Um crioulo, doutor, um que tem numa mão – ou nas duas – seis dedos e não encara com a gente”. Surge a tia, lamentando a morte da última filha. Mas, ao mesmo tempo, a tia está feliz: esta filha não morreu virgem como as outras. Ela mesma levava a última solteirona para passear todas as noites perto da fonte, esperando que um dia se desse o grande acontecimento. A tia sai de cena gritando para Virgínia uma última maldição: que a sua filha morra virgem.

O casal retoma o diálogo anterior. Ismael concede a Virgínia licença para conversar a sós com Ana Maria. Ele dá o prazo de três noites, tempo que pretende usar para arranjar "um lugar onde nenhum desejo possa alcançar sua filha!" Note-se a progressiva diluição do tempo: ele é um só (ou nenhum), pois como medir três noites dentro de uma noite eterna? Virgínia poderá dizer à menina tudo que desejar, inclusive que Ismael é preto. Depois da conversa na qual os signos retomariam o seu lugar, Virgínia seria expulsa da casa de Ismael.

Enquanto Virgínia e Ana Maria conversam, Ismael constrói, no andar de baixo, "um estranho túmulo, transparente, feito de vidro, numa bem sensível analogia com o caixão de Branca de Neve". O trabalho de sedução que Virgínia empreende para com a filha não surte o efeito esperado. Ana Maria não acredita nas palavras da mãe; importa para ela o pai, pois "ele é o noivo" escolhido. Virgínia propõe uma fuga para que Ana Maria conheça os homens e possa amá-los. Mas,

> ANA MARIA (*apaixonada*) – Amor igual ao desse lugar cheio de marinheiros... Ele já me amou assim – como um marinheiro, não preto, mas alvo... [...] Passa a mão por mim, pelo meu rosto, e sentirás que eu já fui amada...)

Amor e ódio entre mãe e filha se instalam sem reservas, tornando nua a rivalidade entre duas mulheres brancas a disputar o mesmo homem negro. Ismael retoma o centro da simetria. Agora ele (e não mais Virgínia entre os dois homens) é objeto único de desejo. No diálogo seguinte entre Virgínia e Ismael, ele mostra o túmulo de vidro que construíra para encerrar-se com Ana Maria, da mesma maneira como pretendera um dia fazer de sua casa um mausoléu para viver com Virgínia. No entanto, a metade de Ismael quer agora recompor na memória o caminho desse amor/ódio. Ela não sabe quando começou a amar o marido: se "naquele dia" em que foi violada, quando quis "morrer gritando como uma mulher nas dores do parto" (note-se a nova evocação de morte e nascimento associados); ou se percebeu agora, durante a conversa com Ana Maria. Sabe apenas: "Tive ódio e loucura por ti". Sua decisão está tomada: "Tu me expulsaste, e eu não quero ser livre, não quero partir – nunca... Ficarei aqui, até morrer, Ismael...". Virgínia sabe agora, também, o significado da presença dos quatro negros que rondam a casa e fazem os enterros: ela vira "no Norte", aos cinco anos, quatro negros carregadores de pianos, cantando descalços enquanto faziam o seu trabalho: "Hoje creio que este foi o meu primeiro desejo, o primeiro". Negros e desejo transitam do mais afastado dos círculos (a lembrança mais longínqua em tempo e espaço) ao círculo mais próximo (em torno da casa, no presente) e atingem o núcleo (Virgínia). Essa lembrança única da infância representa, para Virgínia, um "aviso de Deus, anunciando que eu seria tua". A memória configura, aqui, um novo encontro de espaços e tempos: passado e presente, lá e aqui fecham o círculo dos conflitos originários. Ana Maria não tem essa lembrança, "Não viu nunca os carregadores de piano", nem os coveiros; não tem um pacto de vida e morte com Ismael. A inversão sígnica não pode desfazer-se na mente de Ana Maria, mas desfaz-se agora na de Ismael. Ele não está privado dos olhos que contemplam o mundo e as relações circulares do "si" e do "outro". A ilusão de ultrapassar os limites humanos e criar um mundo (ou reduzi-lo, ou ampliá-lo) segundo sua vontade se desfaz, num instante de reconhecimento clássico:

> ISMAEL – [...] Ela (*fala de Ana Maria*) se dá como o pai possuía – com tanta pureza!... (*exalta-se*) Não seria como tu... Não teria o medo que sempre tiveste... Não gritaria... Ama sem sofrimento e sem pavor... E não sabe que eu sou preto, (*tem um riso soluçante*) não sabe que eu sou um "negro hediondo", como uma vez me chamaram... Só me ama porque eu menti – tudo que eu disse a ela é mentira, tudo, nada é verdade! (*possesso*) Não é a mim que ela ama, mas a um branco maldito que nunca existiu!

Faz parte desse reconhecimento também a comparação entre Ana Maria e o verdadeiro pai. Ambos amam "com tanta pureza!" porque são ambos cegos: privados do olhar, são, ao mesmo tempo, privados de paixão e arrebatamento; ignoram ambos a violação recíproca entre a vida e a morte que se dá no sexo. "O que os olhos não vêem, o coração não sente", diz a máxima popular; acrescente-se: o que os olhos não vêem, a carne não deseja – porque não sabe buscar no escuro. Ana Maria não sabe (como Elias não sabia) ser ativa e seduzir; pode apenas deixar-se embriagar de sedução.

Virgínia é, agora, para Ismael, a única contra-imagem possível, pois conhece, como ele, o trânsito atribulado das diferenças (e semelhanças e equivalências) que fundam a existência. Momentaneamente apaziguados, Virgínia e Ismael realizam, cada um, a parte que lhes cabe na tarefa de eliminar Ana Maria: ele traz a menina, fazendo-a crer que sairão para um passeio: Virgínia abre o túmulo de vidro; conduzida para dentro dele pela mão de Ismael, Ana Maria grita sem que ninguém a ouça, pois cada metade da porta foi fechada pelo negro e pela branca. O coro de senhoras negras anuncia um novo filho, "futuro anjo negro que morrerá como os outros!", pois "vosso amor, vosso ódio não têm fim neste mundo!". Recomenda a rubrica final que se ilumine o leito original em desordem e em seguida se mostre o esforço inútil de Ana Maria para sair de seu túmulo de Branca de Neve; cansada de gritar, a cega fecha o espetáculo em posição de Cristo crucificado.

Ana Maria morrerá sem o beijo que Branca de Neve recebeu de seu príncipe; morrerá como morreram seus irmãos pretos, pelas mãos de Virgínia e Ismael. Branco e preto, por sua natureza dicotômica, não admitem dialética e muito menos síntese disjuntiva (DELEUZE & GUATTARI, 1992); os filhos serão sempre malditos e têm que morrer para não morrer o contraste. A perene sedição de Virgínia (alvo demônio) e Ismael (anjo negro), eterna sedução, exigirá para sempre o sacrifício de um Cristo, seja ele branco ou negro. Definitiva e inapelável maldição, porque o negro e a branca não conhecem o benefício salutar do esquecimento.

CENA TEATRAL CONTEMPORÂNEA: O CORO, O NÔMADE, A POTÊNCIA TRÁGICA*

Observo a eclosão de figurações do corpo ferido daqueles que se encontram em condições de cidadania precária. A atenção se volta para a polifonia de expressões minoritárias em aspectos de lirismo coral – um trânsito por processos de subjetivação. Põem-se em questão os espaços da cidade e do palco, verificando neles articulações entre as tramas de construção do moderno em suas diferenças com a cena atual. As trajetórias se fazem no transitar entre a personagem individual e as múltiplas vozes da multidão. Verificam-se encontros do arcaico com a sociedade superinformada.

Indago sobre o trágico tomando o lirismo coral como principal força constituinte da cena contemporânea. O problema se situa onde Artaud encontra a morte de Dionísio no lugar mesmo

---

* Primeira versão originalmente publicada na Revista Sala Preta (USP), v. 2, 2018. Algumas modificações foram elaboradas para esta publicação.

de nascimento do teatro. A crueldade desfaz as coordenadas wagnerianas. Rupturas se articulam a continuidades. Entre Wagner e Artaud – não do ponto de vista cronológico, mas dos conceitos e paradigmas – penso que a cena se move entre traços da encenação moderna (formulada a partir da exegese do texto dramático) e a ruptura com ela (a cena escreve o texto e/ou as textualidades).

O aparecimento da tragédia coincide com a formação da *polis* democrática. As narrativas míticas não se adequam às demandas da cidade. Um tempo propriamente humano e histórico se expressa na ação teatral. Entre o palco e os espectadores, o coro conecta, com suas indagações, tempos e espaços da tradição e do presente, refazendo cognições, problematizando limites entre deuses e humanos, herói e cidade.

Qualifico como "contemporânea" uma conexão de tempos; composições do mais recuado e arcaico com a experiência do presente. O passado deixa marcas no espaço e no corpo; memória de afetos. O presente jamais se efetiva, a não ser nas sensações dadas pelas presenças e co-presenças; ele já é passado quando o designamos. O futuro aniquila o presente: Cronos devora os filhos. Na crença arcaica, Zeus matou seu pai (Urano, o Céu) para limitar-lhe a atividade ininterrupta de fertilização da Terra (Gaia) e assim doar aos homens um tempo organizado, cósmico e não caótico, conforme a *Teogonia* (c. VII-VI, A.C.) de Hesíodo (1981).

A temporalidade de Cronos – mensuração que aplaca a angústia do fluxo – convive com *Aion* e suas duas setas: passado e futuro na mesma reta, convergindo para o mesmo ponto – o presente –, pressionando-o nos dois sentidos. Com *Aion*, o presente é eternidade (não-tempo) manifestado como ex-istente: fora de si. Cada "agora" se inicia e finaliza no mesmo instante, esvaindo-se. Os agoras são ilusões do presente que se furta: um não-ser; ou são simulacros, apresentando-se como ser: re-velação que se mostra e se esconde, entre retalhos de acaso e disrupção. O agora é *ag-hac/ ac-ora* – o prefixo é indicação do instante furtivo (ora), um demonstrativo preposicionado ou advérbio.

Os agoras transformam-se em sucessão de números, se quisermos quantificar o tempo e domesticá-lo para contar nossas histórias; com elas conquistamos alguma consistência para a ideia de tempo. A contemporaneidade não se prende à cronologia – um por-em-ato sucessivo, em recortes da sincronia pela diacronia; aí o prefixo "pós" tem lugar para expressar o que se supõe seguir ao moderno. Mas falo de nossa experiência como encaixes de presentes simultâneos e contíguos, em detrimento da perspectiva histórica (JAMESON, 1996). Considere-se também a compressão espaço-tempo (HARVEY, 1996). Um tempo, enfim, a cuja aceleração – dadas as tecnologias de informação, comunicação e transporte – entregamos a experiência social e afetiva. Nela, as narrativas articulam fragmentos e descontinuidades; não-tempos e não-lugares abrigam figuras sem profundidade psíquica ou histórica. Tempo de retorno de arcaísmos.

Artaud explicita, em *Para acabar com o julgamento de Deus*: o Ocidente impôs uma "doutrina do juízo"; no tribunal grego, lotes cósmicos são distribuídos entre deuses e homens: a dívida é eterna e irresgatável, caso se incorra em ultrapassamentos de limites, porque as medidas são desconhecidas. Sob o cristianismo, o juízo do Deus único.

Oposta ao Juízo, a crueldade inscreve a dívida sobre o corpo; forças afetam umas às outras, efetuando a justiça. A operação é dar fim a qualquer juízo: dívidas e cobranças inscrevem-se na carne e no sangue. Toda escrita ou inscrição escapa ao Livro. É preciso produzir um corpo sem órgãos, feito de intensidades e limites interpenetrados, insubmisso aos poderes. Desfaz-se o contorno das formas, individuações e lotes de tempo e espaço imanentes a cada um – corpos sobre os quais recai o juízo. O corpo sem órgãos é vitalidade não-orgânica, afetiva e intensa – campo de forças e combates (DELEUZE, 1997). Trata-se de superar a subjetividade individual na potência de subjetivação, onde se mantêm permanentes metamorfoses: jogo de sentidos no trânsito entre máscaras, desfazendo-as e refazendo-as.

A crueldade tem afinidade com *arkhé* (começo, ponto de partida e princípio indemonstráveis), preocupação pré-socrática com a substância de que se fazem todas as coisas. Anaxágoras afirma a *génesis* (nascimento, passagem ao ser e ao tornar-se) como transformação dos elementos uns nos outros: forças contrárias separam e agregam o que provêm da mistura primordial. Heráclito: "Tudo é um", na incessante mudança. Anaximandro concebe a *arché* como substância indefinida. Parmênides nega qualquer vir-a-ser, porque é indefensável que o não-ser possa passar ao ser; o que é permanece e repousa em seu ser imutável (PETERS, 1983; NIETZSCHE, 1987). No debate entre os pré-socráticos (provenientes de diferentes lugares ao longo do século VI A.C.), Parmênides se opõe claramente a Heráclito e seu eterno fluxo. "Platão o escolheu para combater os sofistas. E expressamente identificou Heráclito com os sofistas [...]. Um é imóvel" (AMARAL, 2015, p. 24). Toda mudança ameaça a Identidade da Ideia e da Verdade platônicas.

Tomemos para nós as noções de que *Arkhé* (origem) e *Génesis*, associadas, expressam metamorfose e inacabamento: onde está o ponto onde algo se torna outro? Onde está este outro, senão naquilo de que provém? Há uma única origem para cada coisa? Um único princípio para tudo? Na convulsão de corpos e espaços, a aparição se faz na imanência recíproca entre linguagem e ser, diz Torrano (1981) sobre a *Teogonia* de Hesíodo. O enunciado e o chamamento do nome conduzem à presença e ao ser.

O coro dionisíaco (NIETZSCHE, 1982) movimenta-se entre individuação e indistinção. Não há espectadores; os corpos e identidades se perdem no tempo e no espaço. Daí recorta-se e reflete-se toda imagem individuada: atividade apolínea de conflito com o estado unificante da embriaguez. Arrisco: o sofrimento de Dionísio, a inexorável separação de si, fala pelo oráculo de Apolo. São enigmas inextricáveis; a clareza épica, apolínea, é obscurecida pelas desmedidas; dança e música (potências do agir: verbo no infinitivo impessoal) tornam-se representação (articulação de tempos e espaços que fazem, do ausente, formas de presença e de presente).

No êxtase, o que há é *ex-istente*: dentro e fora de si e do que é. O que aparece é também *in-existência* e existir *in* – ser e deixar de ser. Em luta com o inaparente, Apolo refulge, transmutando Dionísio em forma, luz e sombra. Da articulação dionisíaco-apolínea, surge Arquíloco, o lírico. Ele diz "eu" e provém de um *génos*, uma *génesis* – generalidade (múltipla *arkhé*) e polifonia. Arquíloco é sem-nome que advém ao nome, (re)velando-se em Singularidade(s) – subjetivação como força do Múltiplo. O lírico reúne, tensiona e articula o "eu" a "nós-eles".

Quais são as máscaras de Dionísio e Apolo hoje, depois do sonho moderno de Wagner e dos delírios de Artaud? O combate deste à representação corresponde ao permanente retorno dela – que nega a experiência da imediatez. Encontro no mesmo espelho o espectro de Wagner. Seu Teatro de Bayreuth ambiciona promover o reencontro do "povo" com a memória coletiva. Não há frisas e camarotes; a plateia é inclinada, evocando o anfiteatro grego (a democracia do olhar não admitirá pontos privilegiados). Espectadores às escuras, a contemplação volta-se para os focos de luz sobre a "obra de arte total". Ela é autorreferente e de contornos precisos. A "quarta parede" disciplina e silencia os corpos dos espectadores.

Em sua crítica ao Ocidente e à cultura de duplicação das coisas, Artaud aponta o texto e a ação teatrais como lugares de dominação do corpo e da cena. Ele busca uma linguagem onde palavras e imagens não se destinem a representar – modo de produzir presença do que está ausente, já vimos. Com a crueldade, as coisas têm suporte no tempo presente e na pura presença. Desfazem-se cadeias de causa e efeito, anterioridade e posterioridade sobre as quais repousa a ação. Corpo, espaço e tempo retomam, no entanto, articulações que refazem a representação: o presente se dobra e redobra, dividindo-se e multiplicando-se.

Entre os dois parâmetros (Bayreuth, a crueldade) e suas combinações, o infinito, que leva tanto à radicalidade das novas experiências quanto a reafirmações do modelo wagneriano. A ruptura do paradigma moderno é detectável na segunda metade do século XX, entre herdeiros das perguntas artaudianas – Grotowski, Kantor; no Brasil: Zé Celso, Gerald Thomas, Enrique Diaz, Aderbal Freire Filho.

Trato da aliança problemática entre o modelo arbóreo – que sustenta análises históricas (sincronia/diacronia) e de discurso (sintagma/paradigma) – com o rizoma. Ele é rebelde frente à dicotomia verdadeiro/falso; abraça o descentramento e a incompletude, onde surgem singularidades em seu espaço próprio: a diferença na multiplicidade (DELEUZE & GUATTARI, 1995). O teatro contemporâneo transita entre os dois polos (Wagner, a árvore; Artaud, o rizoma) e os recombina em diferentes pontos do segmento que os separa. O campo estará sempre por constituir-se, contrariando o pensamento clássico. As heterogeneidades (regimes diferentes de signos, naturezas e coisas) buscam agenciamentos coletivos de enunciação. Este não-método opera genealógica e descentradamente (múltipla *arkhé*); sujeito e objeto perdem unidade porque as grandezas combinadas formam uma trama de indiferenciações, fugindo ao quantificável e às hierarquias. O território é desterritorializado e reterritorializado mais além ou aquém, em jogos com as singularidades. O intercâmbio entre o dentro e o fora se negam à determinação histórico-conceitual. As linhas de fuga, proliferantes, são limites continuidade/ruptura; desfazer dicotomias faz encontrar novas organizações de conjunto e reconstituições de sujeito (com predicações e atribuições, na trama saber/poder). No teatro, as narrativas recompõem figuras alegóricas.

A cena "rasga" o palco italiano, fugindo às heranças da *mimesis* clássica (estabilidade, harmonia, homogeneidade), mas também se conjuga a ela, que é feita de decalques hierarquizados e sempre em recondução ao mesmo. As linhas de fuga abrem espaços de indeterminação, rompendo fronteiras dentro/fora, atores/espectadores. Forças arquimedianas sobre a matéria desfazem teoremas euclidianos que procuram controlar o palco e a arquitetura teatrais – o edifício, os cenários determinados por formas concebidas previamente. A cena, rebelde, ergue-se a partir dos problemas propostos por relações tensas entre corpo, espaço e tempo em sua experiência imanente.

A obra de arte total (Wagner) reúne as diferentes artes (do tempo e do espaço) em torno do eixo dramático. Aristotelismo para o qual tive já oportunidade (GADELHA, 2013) de chamar atenção. Aí se frustram os efeitos almejados (harmonia, homogeneidade), porque eclode a surpreendente visão instável da modernidade – focos de luz recortam o espaço e descontinuam o tempo. A visão fragmentada dialoga com a aceleração na cidade subjugada pelas demandas capitalistas. Artaud e o corpo sem órgãos operam conexões e desbloqueios, aberturas e reversibilidades, em novas ações políticas e processos de subjetivação.

Nietzsche (1999) acusou Wagner de retirar à música o papel original, separando-a do corpo para dominá-lo por histrionismo mimético sem força primordial e imitador de caracteres e ações. Artaud ergueu libelos em nome da festa que combate a representação para instaurar a presença: força dionisíaca de união eternamente a se deparar com Apolo – a separação. Com Nietzsche e Artaud, o teatro experimenta a nostalgia (dor da ausência) e a utopia (todos os tempos e espaços, nenhum tempo/nenhum espaço), num trânsito incessante que passa pela unidade e a fratura. Somos, sempre e de novo, Todomundo, Ninguém e, às vezes, Alguém – arcaicos e contemporâneos, no espaço aberto da praça.

A peste pensada por Artaud ultrapassa o social e o psíquico; instaura a desordem na cidade; estabelece novos regimes e ocupações espaciais, transmuta terror e êxtase, subverte, reverte, inverte costumes. O teatro nasce deste corpo anômalo (substantivo grego sem adjetivo: rugosidade, desterritorialização). Corpo festivo, sem marcas de hierarquias e credos; ele é anormal (adjetivo latino sem substantivo) porque não tem regra ou a contradiz, num furor que ultrapassa a forma. Retoma-se a origem dos conflitos para manifestar o que a cultura clássica e de estado soberano recalcou (Szaniecki, 2007). Artaud intui a necessidade renascentista de controlar os fluxos da alteridade (proveniente das Américas) na cidade. A perspectiva refaz a Ordem estável e divina; as simetrias tensionam razão e sensibilidade, após o trauma da descoberta de que o universo é infinito e, portanto, acentrado. A distância fruidor/obra organiza o espaço para mostrar planos ideais de saber e poder. Nos teatros fechados, os corpos separam-se da alma: ela escapa pelo ponto de fuga. O ator entoa a voz que quer alcançar o espírito; ou abriga o que supõe vir dele, como força transcendente a aniquilar o corpo.

O diálogo (*logos* partido) é platônico; com isso, a génesis é expressa pela doxa, enquanto o conhecimento verdadeiro é *episte-*

me. Artaud quer demolir o teatro clássico, quebrar o espelho para recompor o encantamento. O corpo sem órgãos urra porque não quer ir além das coisas; quer desfazer as dicotomias autor/texto, diretor/atores, cena/público. Para recriar o teatro é preciso exaurir a disciplina do olhar (ótica), dissolvendo funções e refundando funcionamentos – o regime tátil (háptico) inclui o olhar (DELEUZE & GUATTARI, 2012).

O corpo sem órgãos e o teatro contemporâneo são inacabamentos: forma feita e desfeita, espectador/participante incluído e mantido alheio. O combate à narrativa faz pulsarem narratividades, num regime de rupturas e continuidades com a encenação moderna e as dicotomias autor/encenador, ator/espectador. Não há divisão fordista e hierárquica do trabalho, com funções claramente delimitadas (diretor, ator, cenógrafo); o encenador, agora, não é autor da cena, mas ocupa variados lugares no agenciamento da criação. A este *continuum* de atributos e atribuições, comparecem passado e futuro do teatro. O texto é nomadismo da palavra desapegada dos conceitos. Desmanchar o organismo é derrotar o juízo de Deus sobre Bayreuth, mantendo os órgãos desejosos de novas subjetivações. O teatro se reteatraliza em reservas de significação tensionadas com pequenas unidades de sujeito. Os cacos da representação refazem aventuras do trágico. Nestas reconfigurações, Artaud e Wagner se afastam e reconjugam; o teatro é, novamente, total e inacabado. Na luta Euclides/Arquimedes, um se apodera do outro.

As raízes arbóreas fincam sujeitos e apropriações – marcas de poder da história, hierarquia de significações e centralidades.

O rizoma compõe-se com o que foi excluído, escapando à língua dominante. A memória é feita de esquecimento e lacuna. Nela, *alétheia* (revelação e ocultação da verdade) é arcaísmo da aparição, no entrelugar do passado-quase-presente; do ainda-não e do agora, do não-mais.

No diálogo, a personagem teatral representa um agente individual que dá suporte à ação dramática. A festa de Artaud desfaz os liames entre esses elementos, desdenhando a sustentação molar da árvore e obrigando-a a recompor aliança com o rizoma. Sem profundidade histórica ou psíquica (cronologia, causalidade), as figuras são marionetes de curtíssimos fios interligados. O que aparece é um quase-coro, como a multidão em face do Estado, desfazendo o binarismo do território demarcado. Os guerreiros nômades não operam dicotomias, porque a malta é efêmera e desmedida (DELEUZE & GUATTARI, 2012). A consistência do coro está nos devires minoritários, no *nomos* – o costume que, desterritorializado, traz um "fora" e, com ele, outra ética. Wagner e Artaud; Apolo e Dionísio seguem em seu confronto permanente. Surgem novas máquinas de guerra a cada reconfiguração do Estado; uma nova cena teatral, expandida, debate-se com a tradição e a incorpora. A máquina de guerra solapa, mas também recompõe o palco para se fazer reconhecível como teatro – Artaud contra Wagner. As figuras se movem por afecção e disjunção, em acontecimentos-problemas (Arquimedes) que se impõem aos teoremas (Euclides). A cena da multidão faz, do espaço estriado pelas marcas de poder sobre a cidade (monumentos, edificações, mãos de trânsito), um espaço liso para os percursos do *nomos*.

Uma "ciência arquimediana" (DELEUZE & GUATTARI, 2012, p. 27) liga-se à máquina de guerra, voltada para passagens de limites, turbilhões e projeções: uma "ciência nômade", descentrada ou ex-centrada – um fora "das ciências régias". O cubo teoremático da cena clássica e wagneriana (Euclides) é filho de geometria imperial e se apropria da ciência nômade para submetê-la a regras métricas e limitadoras de sua ação. Porém, arquimedianamente, a malta faz "ciência menor" – não por ser menos complexa ou inferior, mas porque desdenha poderes: expande-se no espaço, afetando-o sem tomá-lo.

Com Artaud, "a véspera e o amanhã" são entrelugares e entretempos. O espaço é não-orientabilidade. O tempo é *Aión*. O pós-moderno é, ao mesmo tempo, pré-moderno, tanto quanto o teatro situa-se pré- e pós-morte de Dionísio na *polis* grega. Habitamos intervalos e interseções, demolições e reconstruções de Bayreuth. A cena assume o inacabamento como condição de sua existência feita de insistência. Reverberam retornos: do platonismo (a Ideia impõe o mesmo) e de um platonismo revertido, onde os simulacros se libertam como "a mais alta potência do falso" (DELEUZE, 1974, p. 268), devorando fundamentos, superpondo máscaras a máscaras. Dionísio impede referências tanto à Ideia quanto à Cópia. É nesta potência de multiplicidade que concebo toda sorte de relação com o arcaico e seu eterno retorno, na diferença.

Panidrom foi realizado pelo Curso de Direção Teatral (Escola de Comunicação-UFRJ), em 2014; criação coletiva com versão final assinada por João Pedro Orban. Grupos de "atores" e "espectadores" correm através de obstáculos do *Campus* Praia

Vermelha, ocupando-desocupando pontos quaisquer de múltiplos percursos simultâneos. Os grupos se encontram em feixes narrativos para dispersá-los em seguida, com a correria. A geometria é operatória e arquimediana (força sobre a matéria); não há modelo para uma boa forma, porque se trata de "ciência menor", "literatura menor", "povo que falta" (DELEUZE, 1997); nesse inacabamento constituinte, povo, literatura e ciência jamais deixarão de devir. *Panidrom* fala dos expulsos da terra. O êxodo recusa a fixação onde a vida esvai-se pela sujeira. À margem da administração pública, hão de se construir pontes e abrigos na experimentação diária do imponderável. Este corpo é coletivo e nômade, solidário e sem representação política, não reduzido a dualismos com o Estado. *Panidrom* convoca as forças do heterogêneo a agir no espaço vivido como se fosse liso e aberto; presenças em devir e falta, pensamento sem imagem prévia nem cópia. A fala tangencia as coisas: toca; empurra e tange (a)o incompreensível, estrangeira e gaga porque é hesitação e "pensamento-problema"; língua local e de passagem. As figuras são como arlequins: recolhem dos caminhos os retalhos de mundo com que formarão seu corpo.

No nomadismo, tudo é trajeto, habitação sem pouso, origem e destino. O povo de *Panidrom* pode ser o de refugiados: nomadismo, ainda que à força das circunstâncias. A correria ganha velocidade para forçar limites, inventar mundos possíveis numa arte e numa ciência de máquinas de guerra. Uma potência que, como tal, não efetua desígnios; e resiste ao que persevera em limitar e controlar os êxodos com forças de exército e polícia. A "feiura" obriga os espectadores a correr, afeta-os pelo excesso. Os perigos do atropelo instalam aflição e emergência. Os "corredores" são dejetos sociais que retraçam o espaço, em precariedade hipersensível, hiper-audível. Háptica.

Em *Náufragos*, texto de Massimo Bavastro dirigido por Alessandra Vannucci, um louco ocupa toda a largura de uma calçada, obrigando a que se passe por cima dele. Quando alguém o faz, o mendigo reclama, gritando para que o transeunte lhe dê um nome. Ele é um (anti)monumento vagueante, posto no espaço público como memória dos excluídos, "sem mais estrada, sem mais inimigos, sem esperança, sem embarque, sem fim", diz o programa da peça, produzida no Rio e perambulante até 2011. O delírio dos errantes (errados, loucos) é o de Van Gogh, "o suicidado da sociedade" (Artaud, 1987). Mas, "o mar sem fim" (ou finalidade) de Pessoa é desde sempre sulcado por bússolas e conquistas – mas sempre restituído ao liso e indeterminado.

O desejo de democracia da multidão é análogo ao da sociedade grega pré-*polis*. Nosso teatro abraça a errância do coro, com Zé Celso e *Os sertões*; Antônio Araújo e sua *BR-3*. Roberto Alvim mergulha as personagens de Ésquilo em extrema obscuridade: vai-e-vem entre a máscara individual e a indistinção arcaica de onde provêm (*Peep classic Esquilo*). Quase imóveis, os corpos são estátuas que dançam no tempo, porque o nomadismo não exige deslocamentos: ele é feito de afetos e intensidades. Nomear o mendigo de *Naúfragos* não lhe confere singularidade desarticulada do Indeterminado e do Múltiplo. Na solidão da cidade, o monumento é de areia – "eu" precário, nome desnominalizado.

O BARROCO ENQUANTO ASPECTO DO GROTESCO E DO TRÁGICO*

É necessário examinar aspectos da subjetividade moderna e da atual: seus modos de comparecimento na cena teatral, caracterizada pelas crises do drama, da representação, da narrativa. Notamos fortes traços de lirismo coral e dissonante – eterno retorno de Dionísio. Há consequências disso sobre a noção de personagem: faltam contornos individualizados e profundidades psíquicas e históricas – já vimos. Ressalta a alegoria, pensada a partir de Benjamin e Agamben.

Questiono tentativas de estender a tragédia ao niilismo cristão: aniquilamento e ascetismo apontados por Nietzsche (1982), desde *A origem da tragédia*. Acompanho as ressalvas de Benjamin (1984) quanto a aspectos do drama barroco, associados,

---

* Primeira versão originalmente publicada na Revista Urdimento (UDESC), v. 2, 2019. Algumas revisões de texto e acréscimos foram feitos para esta publicação.

no Renascimento, ao aristotelismo. Tento compreender entrelaçamentos das heranças greco-latinas e hebraico-cristãs, observando tensões e alianças postas entre elas. Trato *arkhé* (origem) em múltiplos tempos e espaços, confrontados com a contemporaneidade: mundo e arte contrariam paradigmas modernos, traçados pelo Iluminismo e a fundação das Ciências Humanas (FOUCAULT, 1992).

Movo-me, novamente, entre duas balizas principais: obra de arte total (Wagner); por outro lado, a desconstrução da ideia de espetáculo (texto e cena) por Artaud e as consequências sobre as noções de corpo, espaço e tempo no teatro, tal como articuladas a partir dos anos 1960 – o que aponta possíveis reconceitualizações do pós-dramático. Isto porque habitamos e transitamos, atualmente, entre extremos, problematizando a representação (DERRIDA, 1995; DELEUZE, 1994, 1997; DELEUZE & GUATTARI, 1996, 2012) e vendo-a sempre de retorno. Isto viveu e sofreu Artaud (GADELHA, 2013), em combates ao que ele considerava clássico (incluam-se Wagner, primeiros encenadores, obras-primas).

Estudo a expressão de hoje, vendo-a próxima de um coro. Filosofia e teoria do teatro aliam-se a comentários de espetáculos e performances, constituindo o campo especulativo. Transito entre os gregos e o século XVII, entre outros; e os dias atuais, num vai-e-vem de temas onde busco semelhanças e disparidades. Este passeio me obriga a atropelar cronologias para tentar alguns conceitos.

Walter Benjamin (1984) é um dos guias. Utilizo-me de seu "tratado" dedicado ao drama barroco alemão, para tentar um "ensaio": um método de abordagem sempre enviesado; um pensamento que se distribui em mosaico, justapondo e confrontando elementos heterogêneos. Estas vacilações têm contornos borrados e fronteiras indefinidas; podem-se dizer, às vezes, grotescas. Se ambicionam a verdade, só a alcançam de forma parcial e precária, mantendo-se sua abertura para a beleza e a dúvida. Aí encontramos Brecht, um produtor de imagens; um investigador que se move entre lacunas; um artista-filósofo tenaz.

NOVO CORO, NOVA FESTA

Inicio, agora, considerações sobre o coro. A "festa" de Artaud (1985, 1987) é disruptiva. Pressiona, até o limite, a narrativa teatral, a partir de seu outro: não-teatro que preenche o teatro, circunda-o, fratura-o e mostra vazios plenos de teatralidade, nos processos, articulações e entrelaçamentos com a subjetividade. Tais potências trágicas transbordam da moldura teatral wagneriana: um espaço cúbico, praticado e percorrido no sentido da profundidade; um corpo de ator capaz de reunir e sustentar voz (artes do tempo – música, literatura) e movimento (artes do espaço e das visualidades – pintura, escultura, arquitetura). O transbordamento artaudiano desfaz os elos da narrativa e conduz a um "fora" que retorna e cria dobras (DELEUZE, 1995), inclusive políticas. Nessas dobras, os vazios são potências de engendramentos e incompletudes postos entre territórios instáveis. Daí aos contornos (ou falta deles, seu trânsito pelos espaços "entre") do espetáculo atual. Isto atinge o personagem, visto na sua tarefa de dar suporte à narrativa, percorrendo o tempo e o espaço que a constituem. Quebradas essas cadeias, restam máscaras traçadas em linhas tênues ou borradas, entre as quais se insinua um análogo das turbas dionisíacas anteriores à *polis* e à tragédia (DETIENNE, 1988). Nietzsche (1982) vê, na tensão Apolo/Dionísio, a individuação/desindividuação que ainda não distinguem trágico e cômico. A instauração do diálogo (*logos* partido) faz indagar sobre o que separa e une singular e múltiplo.

Lembremos que coro e cena euripidianos vislumbram um mundo de harmonia, livre de turbulências. Dão voz ao homem teórico (força crítica e desanimadora), em oposição ao homem trágico, afirmativo e criador (NIETZSCHE, 1982). O ascetismo teórico permitiu moldar uma "moral de sacerdote" correlata à ressentida "moral de escravos": apego rancoroso ao passado que impede viver o presente e vislumbrar futuros (NIETZSCHE, 2000).

A inépcia para a dor extirpa a alegria e garante uma modernidade voltada para o cálculo, o conhecimento binarizado – cabeça separada do corpo, rosto dividido em significância/subjetivação (DELEUZE & GUATTARI, 1996) e sujeitado à dívida com Deus, inscrita no Livro (DELEUZE, 1997). Ética e estética de catecismo dominam o Ocidente – exibe-se uma falsa tragédia convertida em melodrama; o corpo esquece-se das dores da (in)diferenciação e se torna histrionismo mimético. Nietzsche (1999) se refere, quanto a isto, ao que costumamos chamar de "tradição aristotélica", a partir do Renascimento. O palco à italiana, de rígidas proporções perspécticas, tem ambições de objetividade que tentam controlar o mundo produzindo imagens de perfeição e harmonia para apoiar o Estado soberano (SZANIECKI, 2007) e definir moral e estética burguesas. A visão perspéctica, coordenada pelo ponto de fuga e em distribuições geométricas dos objetos no espaço, pressupõe uma ordem de representação a ser assimilada por um sujeito universal. Compreendidos como materializações da ordem do mundo, sujeito e objeto exibem-se para dar visão de si: o palco é tecnologia de poder, conhecimento e narrativa. Mas, Nietzsche (2000) argumenta: em Kant, o entendimento sabe que seus objetos são ininteligíveis.

De fato, com Deleuze e Guattari (1996), um "excesso de sentido" transborda da paisagem e dos rostos. Entre poderes e devires, desfazem-se, hoje, dicotomias e hierarquias do tipo pai-filho. Em dobra, os extremos pressionam um ao outro, encontrando, na linguagem, porções arcaicas. Refeito, o coro é novamente de bacantes: desidentidade libertadora da tragicidade, turbilhonando a ação clássica, que tem suporte em duas retas coincidentes: princípio, meio, fim (tempo cronológico) e causalidade. Desfeitos os elos, afirmam-se sentidos opostos; o presente é indistinção de passado e futuro (*Aion*). A "ação" tornou-se agir: verbo no infinitivo, cujos paradoxos são potências de acontecimentos multidirecionais. São forças que operam em Diferença em relação ao "bom senso" (seta a indicar a "boa" direção) e "senso comum", que identifica o diferente sobre o pano de fundo do Mesmo (DELEUZE, 1974).

O corpo adota regime grotesco, proliferando simulacros: não há medida ou relação com cópia ou ideia (DELEUZE, 1974). A personagem perde profundidade histórica e psicológica, assumindo espessura de simples figura (máscara, alegoria). Sem unidade de sentido, o espetáculo abriga trocas de posição atores-público. Ainda que a cena aconteça sobre o palco italiano "arborescente" (cruzamento de sincronia por diacronia; tronco dos paradigmas provedor de sentido para os ramos sintagmáticos), a reterritorialização não retorna ao aristotelismo, porque se mantêm potências múltiplas de "rostidade" e "paisageidade", (DELEUZE & GUATTARI, 1996), a forcejar por usos da sala que escapem às determinações arquitetônicas.

Com Zé Celso, não há rostos, mas apenas quase-máscaras: corpos multidimensionais, transmutando-se uns em outros. As páginas de *Os sertões* (Euclides da Cunha) são arrebatadas das unidades históricas. O rosto é uma política; desfazê-lo também é; as desterritorializações arrastam a arte para o a-significante e o a-subjetivo (DELEUZE & GUATTARI, 1996). No longo espetáculo de 26 horas, *Os sertões* é (são) novamente trágico(s). Este trânsito se serve da tragédia para fugir dela em todas as direções: tragicidade fundada em rizomas.

Do ponto de vista político, o coro, análogo à multidão contemporânea (HARDT & NEGRI, 2005), dá sustentação teórica para pensar a subjetividade fora de determinações universais. Isto exige redimensionar o conceito de personagem dramática. Observo a expressão lírica a partir de um "eu" que vive a separação/união com o uno primordial, tal como mostra Nietzsche (1982) a respeito de Arquíloco. Eu/Nós em doloroso processo de distinção/indistinção. Temos, com Michel Melamed e Denise Stoklos, máscaras que fazem, desfazem e refazem esses espaços em dialogismo (BAKHTIN, 1997).

A MÁSCARA, A MÔNADA, A ALEGORIA BARROCA

As máscaras requerem, agora, incursões pelo pensamento de Walter Benjamin (1984). Em *A origem do drama barroco alemão*, o espaço-tempo da "mônada" se define por uma forma no presente: tensão entre passado e futuro, pré- e pós-história de uma ideia. Contém a totalidade, sendo parte de um mosaico: cena multiplicável infinitamente, em diferentes planos de narrativa. Ela, a cena, é fragmento intemporal da história, fora de causalidade e cronologia, numa representação dos confins da vida, da civilização, da razão. O louco e o selvagem são personagens recorrentes. Aqui encontramos uma estrutura espetacular não-aristotélica e herdada da Idade Média, embora estudiosos renascentistas tenham tentado assimilar o barroco ao aristotelismo.

No espaço-tempo monádico, transita a "alegoria", que se refere a *allós*, o outro; *agourein* é um falar da ágora, linguagem pública. Fala do outro, outro da fala, outro da cidade, fala do si-mesmo como um outro perfazem a reunião e o trânsito entre diferentes figuras: metáfora (tensão entre um sentido literal e um figurado); metonímia (relação qualitativa entre referentes: ouro para dinheiro, autor para obra – "um Picasso"); sinédoque (a parte pelo todo). As personagens encarnam abstrações; a alegoria diz uma coisa e significa, incansavelmente, outra; o "um" e o "múltiplo", o "mesmo" e os "outros" proliferam. Aí se encontra a relação entre o destino e a morte (seu significado, enganos, fantasmas, ritualizações, inexorabilidade). Uma bela moça revela ser um esqueleto. As figuras e espaços são reversíveis: a sala de trono pode ser um cárcere; a alcova, uma sepultura.

A alegoria não é, para Benjamin (1984), escatologia nem retorno. Ela vai da situação presente à volta à Origem; pode melhor caracterizar-se como desejo de regressão a um paraíso perdido. Deste modo, ela tem parentesco com o Pecado Original e a busca, sempre frustrada, de Salvação. A alegoria é proteiforme: o princípio demoníaco (Proteu) do Múltiplo – da ilusão, do escárnio – produz uma festa de cores que esconde a catástrofe ou a anuncia. Não se trata de narrar biografias e trajetórias individuais, mas de apontar um destino sempre voltado para a transitoriedade.

Todas as alegorias remetem à morte; provêm dela. A ruína é um fragmento morto, resto de vida que reluz no provisório das significações. Os fragmentos esquartejam o sentido da linguagem e do mundo, cujo fundo vazio prolifera signos. As ruínas cintilam e transmutam-se em abundância. A morte mediatiza os planos; ela é moeda de negociação entre o vazio e o preenchimento alegórico. A relação com a morte é dupla utopia: do absolutismo da significação e transmutação de todos os signos, mas caindo sempre no vazio, porque nos dois casos o significado é obliterado. O alegorista quer alcançar a fixação da linguagem na inalterabilidade do texto (a civilização é do Livro e do livro), mas jogando, desconfiadamente, com seu permanente movimento; pretende salvar-se da história e do destino, dar eternidade ao que é passageiro e fugacidade ao funesto. A violência alegórica é tanto aniquilamento quanto festa do significado. Quixote (o louco) e Pinóquio (o poético fantasista) comportam-se como senhores da significação. Conforme aponta Foucault (1992) em *As palavras e as coisas*, o louco e o poeta constituem duas experiências culturais básicas no Ocidente, a partir do advento da modernidade e a ruptura promovida por ela entre a linguagem e as coisas. O louco é aquele personagem que, frequentador do barroco (caso de Quixote) e da psiquiatria do século XIX, habita o homossemantismo, jogando sem regras com as noções do Mesmo e do Outro. Ele é Diferente por não conhecer a Diferença. O poeta reconhece as diferenças, mas arbitra a semelhança ou a descobre sob o fundo mesmo da diferença. Neste arbítrio, vivem as mentiras e fabulações que sustentam o nariz alegórico, hiperbólico e superlativo de Pinóquio. Face a face um com o outro, louco e poeta trafegam nos limites do marginal, do arcaico e imemorial, das identidades e diferenças, promovendo o acolhimento de contrários.

Na tradição hebraico-cristã, o desejo de tudo saber (e tudo figurar) é demoníaco. O projeto de salvação mergulha no engano da multiplicação de formas. Lembremos que, na vertente greco-latina do Ocidente, podemos pensar em Dionísio e sua máscara: ela é alegoria do trânsito entre o Um e o Múltiplo – movimento trágico de tensão com a forma e a unidade apolíneas. Dionísio é eterna desmedida do que se volta para a indeterminação e o inacabamento. A alegoria é sempre de outra(s) alegoria(s). Representação de representação, ao infinito.

Um pássaro não é uma pedra. Menos no espetáculo concebido por Lucas Oradovski, Adriana Schneider, Cátia Costa e Mar Mordente – com atuação do primeiro (Espaço Cultural Sérgio Porto, Rio, 2024). Não sendo pássaros, as pedras voam: para serem atiradas em tanques por palestinos em luta contra Israel; para ativar memórias e histórias; elas voam em rituais de homenagem aos mortos, sejam judeus ou palestinos, os do passado e os do presente. Cenário de pedras-túmulos, pedras-pássaros, pedras-petardos. Elas são todos os evocados pela cena, alegorias dos que morreram em luta. Um teatro de pedras como o grego; ou pedras-palavras atiradas por uma judia antissionista, ativista pela vida. A judia é Arna, criadora do Teatro das Pedras, dedicado a pedagogias de combate. Seu filho Juliano foi assassinado à porta do teatro; sete crianças, após as experiências teatrais, tornam-se homens-bomba. Um ator e muitos personagens, muitas vozes reunidas num corpo que grita e se contorce, por onde passa um fluxo que visita épocas e espaços, algumas gerações de uma epopéia sangrenta. Na cena só há mortos e feridos, com suas dores tão arcaicas quanto atuantes em nós/eu/eles. A proliferação de nomes refere-se apenas ao nome da Liberdade, implícito, mas, nem por isso, menos óbvio. O judeu Oradovski (branco, heterossexual, cisgênero) não procura seus ancestrais nem uma suposta identidade que possa definir-se e fixar-se. Ele quer misturar memórias e discursos de minorias. Procura justamente a si e seus outros, travando com eles um diálogo que se faz sobre um fio de cabelo (aliás, o ator não tem), que une e separa as diferenças, numa terra onde o mais íntimo e fraterno é o mais distante e hostil. O cenário é de pedras, ora distribuídas no interior de um círculo, ora a rodeá-lo: são cidades-personagens, sobre as quais algumas grandes pedras *fake* voam. A povoar esse deserto, um único corpo abriga um coro e tem os seus esgares de dor, às vezes de ironia – mas sempre de afirmação do desejo que pulsa em todos e cada um – discurso indireto livre. Uma chuva de areia cristalina e límpida cai sobre o judeu/palestino/brasileiro: grãos de água a adivinhar futuros. Palco e plateia se distribuem à italiana; o espaço é rasgado por mônadas e nômades. *Um pássaro não é uma pedra* não é uma produção do Coletivo Bonobando, aquele de *Cidade correria*. Mas há conexões sutis entre os dois espetáculos: a participação em ambos de Adriana, Lucas, Cátia, Mar e Nina, o processo onde se dá a criação, a exploração de camadas dramatúrgias de corpos, gestos, objetos, luz, som, texto. Em ambos, a geopolítica é meio de contar histórias e escavar a memória em seu imbricamento com a história. Ao final de tudo, quando só restam palavras e ruínas, um vento artaudiano assobia e pergunta sobre a vigência do teatro neste mundo que se suicida; pode o teatro devolver ainda a magia daquilo em que não acreditamos mais? ("O teatro e a peste", In: ARTAUD, 1984). O que pode o teatro, hoje?

As representações remetem, com Agamben (2007), à capacidade de jogar e amar; viver no interior de uma estranheza, entre o dizível e o indizível. Eis a subjetividade, na contingência de um poder-ser e um poder-não-ser. Este espaço é um vazio de sujeito. A mônada e a alegoria habitam essa força de subjetivação, em tensões e contrastes de que fala Benjamin (1984); grandeza e miséria, a acumular ruínas que se insurgem contra o aniquilamento. Hoje, o agir se faz entre a potência e o ato, como verbo no infinitivo, entre o possível e o real, o criar e a efetuação da obra. Movem-se forças políticas onde pulsa o poder constituinte no âmbito do poder constituído, para abalá-lo. As máscaras operam em excesso e falta, borrando as fronteiras do si-mesmo e do outro. Novamente nos defrontamos com o desmanche da cena clássica e wagneriana por Artaud. Basta pensar em dissoluções de gênero: encenações de romances sem adaptação, como o romance-em-cena de Aderbal Freire-Filho (*A mulher carioca aos 22 anos* e *O púcaro búlgaro*, de Campos de Carvalho). Trata-se, aqui, de verdadeira profanação: o romance invade uma cena que, para acolhê-lo, inventa uma teatralidade não apegada à literatura dramática. Ela está nas figuras que transitam falando em terceira pessoa e agindo em primeira; ou nas trocas de nomes do que se supõe ser um só personagem, constelado. Ou, ainda, trata-se de um feixe suportado por um só corpo. A dramaturgia é de gesto e voz, luz e espaço – exploradora das virtualidades insinuadas no romance e materializadas na cena.

Profanar é devolver ao uso comum o que foi sacralizado; libertação do sagrado, estabelecendo novos usos, em impensadas possibilidades. Agamben (2007) acompanha Benjamin: sendo o capitalismo a nova religião que tudo abarca, é necessário "profanar o improfanável". Destituir o Eu cartesiano (soberano, universal e sagrado). A máscara grotesca se encarrega de acionar potências do impessoal, o pré- e pós-individual que habita o pré- e pós-dramático – tensão que trafega entre Wagner e Artaud. Aderindo ao comum, a máscara não pertence nem ao Eu nem ao Outro. Assim o teatro luta para escapar ao "absoluto improfanável" do capitalismo, que submete a experiência à "sociedade do espetáculo" (DÈBORD, 1997). Corpo e espaço são forças que atuam em tenso diálogo com as imagens que os alienaram – já mostrava Benjamin (1992). Não é demais lembrar o que depois Deleuze (1992) chamou "sociedade de controle"; ou as máquinas "24/7" e os sujeitos insones (CRARY, 2014).

DISPOSITIVOS E DISPOSIÇÕES CONTRÁRIAS

Profanar é lutar no interior dos dispositivos de poder, inclusive aqueles manifestados na autoridade do texto teatral, restituindo aquilo de que se viu privado o teatro: a fala e o corpo, dominados pela separação de si, via representação e cena "de Estado" (SHANIECKI, 2007) sobre o palco à italiana. Novamente nos encontramos com Artaud X Wagner. Penso com Derrida (1995): as investidas de Artaud vislumbram a recuperação de uma tragicidade situada entre a morte e o nascimento do teatro na *polis* grega: um intervalo anterior e posterior ao êxtase e ao espetáculo – um tempo, concedo-me a analogia, aiônico ou monádico. São essas postulações que permitem propor o desmanche da cena wagneriana: ela se desfaz e refaz, na luta com Artaud, em reconjugações de uma com a outra, situadas pré- e pós-dramaticamente. Daí o aparecimento da máscara alegórica, grotesca e monstruosa no seu hibridismo e na instalação de uma temporalidade que desdenha cronologias, apostando num passado parodiado – jogo de destituição de poderes e de história curto-circuitada. A alegoria não é otimista ou pessimista, mas afirmativa e produtora de mundos.

Afirmação que remete ao *génos* (note-se o parentesco etimológico com *génesis*, mencionada no ensaio anterior; movimento e transformação), onde está implicada a origem, desde que não vista como única ou unificante. Isto seria tomar o *génos* com um prefixo negativo (in/ genuidade – perda de referência de si e do outro); mas quero tomá-lo positivamente: *in*(em)*génos*, no interior do princípio gerador e perpetuador da vida e da potência em sua multiplicidade. No *génos*, dá-se o lugar de cada um naquilo que o ultrapassa: o antepassado e o descendente, inscrição cósmica imemorial e sempre presente. Aí abole-se o tempo cronológico: o teatro surge como a celebração do mais irrestrito apelo a um nome, a um pronome (Eu) e a um impessoal trazido pelas máscaras de Apolo e Dionísio.

Artaud (ator, poeta, encenador, autor) jamais será apenas Eu, na sua atividade simultaneamente seminal e iconoclasta de artista sem obra. A pré- ou pós-individualidade recusa o dilema consciência/inconsciência, não faz aparecerem neuroses; desmancha qualquer pretensão a um Eu robusto que impeça a passagem dos devires (DELEUZE, 1997): alegria, dor, comoção – Eu e Outro, numa diferença consigo, pertença e não-pertença a si.

A cena alegórica contemporânea permite novamente pensar a linguagem do teatro como uma luta com e contra o palco, qualquer que seja ele, inclusive a falta dele. Produção, adesão, resistência aos dispositivos, na acepção de Agamben (2012): aí se dão subjetivações para além das determinações do cubo euclidiano consagrado por Wagner. Appia cedo mostrou forças arquimedianas (corpo/espaço/tempo) que distinguem cena e palco, nos enfrentamentos da matéria contra a matéria – não é impróprio insistir.

Os dispositivos atuam para deflagrar ou bloquear forças, tentando direcioná-las, num jogo de poderes e saberes que os condicionam e são condicionados por eles. No "corpo a corpo com os dispositivos" (AGAMBEN, 2012, p. 44), podem romper-se usos e destinações, devolvendo "a um possível uso comum" (*idem, ibi-*

dem), aquilo que foi capturado pelos poderes. Daí a profanação do que estava indisponível e sacralizado. Um "contradispositivo" é acionado para restituir aquilo que um ato sacrificial havia separado. É o caso das performances de sangue e risco de morte; um rito que se assenta num paradoxo: sobre o suporte da carne dilacerada, retorna o corpo abstraído e alienado pelo trabalho e as imagens, mesmo que em sua doação ao perigo da morte e ao acaso. Marina Abramović, em *Rhythm 5*, espalha pedaços de madeira e os embebe em gasolina sobre uma estrela posta no chão. Ateia fogo na estrela e se deita em seu interior. O fogo cresce até que alguém se levante e retire de lá o corpo da *performer*. Em *Suz \O/ Suz* (La Fura dels Baus, 1985), pedaços de carne crua postos num balde são mastigados; o sangue que resta é bebido e atirado entre os atores, um no outro – conforme descrições de ambos os exemplos, feitas por Alessandra Lima de Carvalho (2018). É então que as alegorias refazem vínculos com o arcaico e o arquetípico. Temos hoje ritos teatrais e performativos que não ambicionam narrar, mas podem remeter a fragmentos de histórias já contadas. Faz parte desses ritos induzir-nos a procurar os elos e reconhecer as referências das narrativas do passado, incluindo a história do teatro e da arte: presente que contém e refaz temporalidades e representações. Os dispositivos visam a ser máquinas produtoras de subjetivações; estas também operam no sentido do desmantelamento daqueles. Algo semelhante se dá com a nova cena, que repudia dispositivos para compor-se com eles em novas configurações, subjetivações e narratividades, abrigando atores e *performers*.

O HERÓI E OS SIMULACROS

Volto às mônadas. É em sua descontinuidade que se vislumbram vizinhanças entre as disparidades e arriscam-se entrechoques de extremos. Daí a captura de cintilações de origens; eterno retorno que se dá ora na figura do Mesmo (a repetição, a cópia das ideias, a cena clássica), ora na Diferença – os simulacros (DELEUZE, 1974). Nesta festa das formas e das nomeações, posso entrever a máscara de Dionísio ao lado da de Artaud, saudando o anúncio de tempos curto-circuitados. Neles comparece a bela passagem de Benjamin (1984) onde se distinguem pontos de inflexão entre a cena grega e o que se convencionou chamar de "tradição aristotélica", numa crítica à atitude dos comentadores renascentistas de considerar elementos da tragédia (a fábula, o herói, a morte) como próprios também do drama barroco; haveria entre ambos uma origem e uma essência comuns. Mais do que isso, continuidade de um no outro.

Porém, Nietzsche verificou a perda de consistência trágica à medida que avança o domínio do pensamento platônico-aristotélico: niilismo da razão que alcança Bayreuth. Já não sabíamos ser gregos desde os gregos. Com Eurípides, não é demais insistir, já não entendemos a especificidade do conflito do herói com o meio: ele se põe entre a consistência inaugural e anunciadora de um povo que ainda não existe, mas estará sempre por vir (DELEUZE, 1997); e a dívida para com os deuses e o *génos*, que tanto impelem ao agir e ao erro quanto exigem reparação. Passado e futuro pressionam o presente – tempo aiônico do "pré-" e do "pós-". O destino é inexorável, aprendemos com Ésquilo, mesmo que a morte não venha a se consumar ao fim da jornada da tragédia – caso da trilogia *Oréstia*, a única a restar-nos inteira; daí sua importância modelar. A ameaça de catástrofe permanece, ainda que as forças cósmicas se encontrem provisoriamente apaziguadas, como ao final da terceira parte da trilogia. Qualquer movimento daquelas forças pode trazer desestabilização e caos. O herói é silencioso, embora sua fala seja abundante. Na sua solidão, ele não pode dizer um Eu que demarque individualidade. Toda linguagem é insuficiente, impotente, no trânsito entre o dizível e o indizível. O Eu pronunciado contém o Nós – lírica coral manifesta e, ao mesmo tempo, implícita na máscara individual: o herói se remete tanto ao *génos* quanto ao coro e ao espectador, incluindo também seus antagonistas. A mudez e a incomunicabilidade dão-se tanto por falta de palavras, quanto por excesso: eloquência e impotência coincidem. A morte está sempre à espreita, porque o Eu é uma impossibilidade. O herói é a própria cidade e um "outro" dela mesma, que lhe doa a sua voz tanto quanto silencia, porque agencia um não-saber. A morte sacrifica, mas confere vitória sobre a falta de vigor das antigas leis. Tal ambiguidade é também da proliferação do sentido da fala oracular: múltiplo outro da cidade e do herói – silêncio pletórico, enigma e revelação.

Voltemos ao basileu arcaico, aqui no sentido de pré-clássico. Rei modelar, sua autoridade provinha de uma ordem cósmica de cujas forças ele participava desde tempos imemoriais. Ele era o herdeiro do seu *génos*, explicitando em si mesmo tudo que se encontrava desde sempre marcado no destino dos seus. Ao lado dele se sentava o poeta, encarregado de manter, com os ritos, esta narrativa e a narrativa do mundo dos deuses, articulando-as para atualizar a verdade cósmica. Posteriormente, estará em jogo, no herói, uma excelência não adaptável ao mundo da *polis*. Ou melhor, o herói aponta a falência da ética ditada pelo mito. Há nisto, mais uma vez, ambiguidade. Antígona não pode deixar de atender aos imperativos religiosos da tradição dos ritos fúnebres: dever para com os mortos, violado pela cidade. Ao mesmo tempo, a cidade requerida pela ação ainda não existe e não pode responder aos apelos por mudança.

Do mesmo modo, a máscara contemporânea repete o sacrifício do corpo na mudez de uma fala que não comunica; ela representa o irrepresentável. Trágico é o vazio, a distância entre a palavra, a ação, a situação – mesmo que a tentativa seja fazer presente a presença, deflagrando o perigo de morte. Ela será a testemunha paradoxal da impossibilidade de uma pura e absoluta presença, conforme a queria e pela qual se atormentava Artaud. A performance é da própria morte alegórica. Isto apontam o sangue e o delírio de uma carne exposta e, supõe-se, sem mediações com o corpo – sede de toda experiência transmutada em linguagem. Não há aí passado e futuro, já que se encontram solapadas (e sacralizadas) as narrativas. Quanto mais acuado pelo destino indeterminado, mais distante se torna o Eu, entregue ao devir. Eis o eterno retorno de Édipo, por exemplo, carregado de silêncio eloquente. Ele propicia novamente à cidade contemporânea furtar-se ao vazio de sentido e significação, devolver-se a si mesma e a suas narrativas.

Arrisco-me a dizer que a vocação barroca para as misturas e as dissoluções de contornos promove o encontro da festa ancestral dionisíaca com o desfile e a procissão. Isto se insere numa linguagem carnavalesca, embora às vezes funesta, do mesmo modo que a cena contemporânea, pondo à prova os limites da resistência do corpo para dar, com isso, testemunho de sua presença. São sinais do enfrentamento do acaso – outra versão e outro nome para destino. Fustigar o acaso soa como recurso de fuga ao permanente desejo de controlá-lo, na sociedade superinformada e tecno-científica. Pode-se supor que estaria aí o trágico, na nudez do acaso, seu último reduto numa sociedade saturada por imagens; sociedade tagarela, porém não loquaz.

O drama barroco não tem heróis, mas apenas traços gerais de configurações subjetivas. As figuras se remetem às alegorias do luto. Isto pode valer também para as "personagens" contemporâneas, à diferença de que estas já não dispõem nem mesmo da ação. O que as move é o acontecimento, conforme pensado por Deleuze (1974). Estas figuras se dão como simulacros – consistência de máscaras sem passado e futuro, sempre em iminência de perda do nome e de sua proliferação (*Lógica do sentido*). Temos hoje rituais onde o limite da representação pressiona o limite da vida, pensada para além do fato biológico.

SÓCRATES E O PRÍNCIPE BARROCO

A dignidade do príncipe barroco, por sua vez, é modelar para a construção do absolutismo e do Estado Moderno: o projeto histórico está em curso na teleologia de poder secular que subjaz às tramas. Mas o drama barroco instala-se também na resignação cristã (renúncia à vontade, abandono do mundo). Em suas altas aspirações, o príncipe equipara-se ao santo no drama de martírio. A renúncia cristã pronuncia-se nos mistérios e moralidades medievais. Daí toda analogia com a tragédia ser forçada e possibilitada apenas pela ideia geral de drama – onde os eventos de uma história, em forma dialogada, são assumidos por atores travestidos de personagens. Arrisco-me a dizer que essa analogia tem suporte na forma da alegoria, que pode abarcar gregos e barrocos.

Benjamin (1984) aponta a inflexão que a morte de Sócrates impõe ao espírito grego. Esta inauguração do drama de martírio soa como paródia à tragédia; uma paródia na qual o trágico se esvai em favor da razão. Com Platão, a medida necessária é expulsar o poeta, agora inútil e pernicioso, com seu demonismo proliferador de simulacros. Ao novo ciclo pertence Eurípides e pertencerá o estoico Sêneca. A morte de Sócrates dá lugar ao diálogo platônico, substituindo o elemento agônico pela disputa filosófica. No lugar do herói, surge o mártir em expectativa de imortalidade. Com Sócrates, a palavra enigmática do herói transforma-se em preleção a discípulos. A ironia socrática em tudo se opõe à ironia trágica – neste segundo caso, uma armadilha inconsciente da fala. Sócrates é um pedagogo; sua morte é, para Benjamin, histriônica.

O drama barroco assenta-se sobre sortilégios e não sobre a tragicidade equívoca do oráculo. Não há *hybris* onde imperam a consciência e o Livre Arbítrio. A figura de Sócrates, conforme o olhar benjaminiano, dá a ver as diferenças do drama barroco de martírio em relação à tragédia anterior ao influxo racionalista. Ao mesmo tempo, esta anterioridade insinua afinidades com a cena popular da Idade Média, tão sagrada quanto profana, que dá origem ao barroco: o carnaval remete às saturnais e às festas dionisíacas. Sócrates é confluência de uma temporalidade pré- e pós-tragédia. Ou, com Artaud, pré- e pós-morte de Dionísio na *polis* – a véspera, o amanhã, o limite (DERRIDA, 1995). Por outro lado, mais um elo se junta a Sócrates no drama de martírio: a figura de Cristo e a reevangelização nas ruas da cidade medieval. A rarefação da tragédia dá ensejo à tentativa de sua assimilação ao drama barroco, cuja perspectiva individualizante sustenta o sentimento de luto (*trauerspiel* = espetáculo do luto). A mobilidade da cena herdada dos medievais, que ocupavam o espaço da cidade com a exemplaridade da narrativa bíblica e hagiográfica, faz do corpo de Cristo um viajante do tempo: a pedagogia do corpo dilacera a carne para promover a salvação.

Os dramaturgos barrocos alemães, segundo Benjamin (1984), têm relação estreita com o luteranismo – melancólica distância da vida cotidiana e mundana. A graça admissível aos luteranos, que não crêem em milagres, é unicamente a própria fé. A demonstração das virtudes burguesas de obediência ao dever modela a melancolia, ela mesma uma alegoria da recusa à vida terrena como expressão de alegria: o ascetismo torna-se assepsia, ao contrário dos espanhóis ligados à Contra-Reforma, impregnados de vida profana. Daí a permeabilidade a formas carnavalescas de expressão, cujo exemplo maior é Calderón. Considere-se, em meio a tudo isso, o movimento laicizante do barroco. Há um vácuo entre o céu e a terra, preenchido e problematizado (prismatizado) pela alegoria. Enquanto esta é pletórica e prolixa, o símbolo é totalizante e lacônico; aponta o futuro e o fatídico; ele é breve, solene e religioso. A ordem simbólica é antitrágica porque recusa o desmedido, combinando a forma e o ser que ela figura – perfeição alcançada pela escultura grega.

A alegoria é um conceito em forma sensível; desdobra-se sempre em outras, no tempo e no espaço, enquanto o desejo do símbolo é fixar-se e fixar significações. A alegoria representa e narra, confronta tempos, espaços, pontos de vista. Arrisca-se a certa dispersão indesejável ao projeto clássico. O símbolo é cópia de ideias, apela para um presente eterno; a alegoria é proliferação que opera no âmbito do simulacro, cavando abismos nas significações que ela finge abraçar. A alegoria é violenta; daí seu parentesco com o monstruoso e o grotesco. Com o símbolo, a promessa de salvação; com a alegoria, tudo é, desde sempre, prematuro e já aniquilado. A forma clássica da epopeia é própria do símbolo; a alegoria tem afinidade com os abismos dionisíacos. Ela é imagem devastadora do nada: a reversão e a transmutação de tudo em tudo.

Aqui nos encontramos com mais um dos temas caros a Artaud: a imagem dos hieróglifos. Eles remetem ao que Benjamin (1984) aponta como apropriação erudita e clássica da escrita egípcia pelo barroco do século XVII. Como escrita sagrada, os hieróglifos estão sujeitos à inteligibilidade profana. Aí se despedaça a sua completude simbólica. O barroco fratura o mundo, fraturando a linguagem, porque desconfia do divino. Com Artaud, o hieróglifo é tentativa de trazer à presença as próprias coisas, quebrando as cadeias narrativas impostas pelo texto dramático. Então, o mais próximo se torna, simultaneamente, o mais distante. O hieróglifo é potência de presença no espaço e temporalidade aiônica.

As palavras têm seu reino invadido pelas imagens. Na cena contemporânea, as violações de fronteiras desfazem a distinção arte/vida, atacando e empurrando para longe a representação. Mas, em seu retorno, eterno e inapelável, ela mostra que o ataque à ordem é correlato da Ordem Clássica e das ordens.

A ruína é um componente da linguagem, alegorizando a transitoriedade das coisas e das significações. O cenário barroco é de monumentos despedaçados, da sobrevivência em meio a escombros. As ruínas da Antiguidade são interrogadas pelo moderno, que as exalta para rebaixá-las, como fez Camões, em *Os lusíadas*: "Cesse tudo que a Musa antiga canta,/Que outro valor mais alto se alevanta". As ruínas contemporâneas remetem a uma trituração do passado e se voltam para a carne, onde não há lugar para a salvação, a não ser pela saúde e o *fitness*, os implantes, as medicalizações. Mas a ruína também é pompa. Os estilhaços misturam-se, na incansável procura de inteireza. A acumulação e a junção de diferentes mundos – vegetal, animal e mineral – é um princípio compartilhado com o barroco contemporâneo, que leva as misturas aos extremos da hibridização dos corpos. O grotesco e o monstruoso se impõem, em rituais sempre renovados e onde o simbólico (ou o que sobra dele) se faz alegórico. Artaud é inflexível no tensionamento da transcendência com a imanência.

O tempo do barroco é a transitoriedade confrontada com o que escapa ao domínio do humano. O tempo atual é de presentes contíguos e acasalados. Mas a exaltação do presente, aliás sempre fugidio, não impede a espessura melancólica dos períodos de decadência que indagam ou desdenham o futuro. Fugacidade e extravagância tentam encobrir as lacunas, apoteoticamente. Se o símbolo atrai o homem para o seu âmbito transcendente e lhe promete a estabilidade das significações e das crenças, a alegoria captura o divino e o faz terreno. Hoje, ela contrapõe o terreno ao terreno, a carne ao corpo, profanando, com a arte, a única religião, segundo Agamben, na esteira de Benjamin: a do capitalismo. Capturamos imagens para proliferar imagens, desmembrar os circuitos midiáticos, trafegando em superfícies sem espessura; as imagens nada escondem, nada revelam. Elas ganham, no teatro – este dispositivo de fazer ver e ouvir – a consistência da vida dilacerada, presença que se desdobra e redobra em morte e ausência para recobrar memória e tragicidade: são "linhas de enunciação" (DELEUZE, 1996) que atravessam os regimes de enunciados e luzes, suportando novas produções subjetivas.

Alice e Baltazar (dramaturgia e direção de Homero Kaneko. Rio, 2018) faz, dos textos projetados, puras imagens em contrastes e superposições de planos. Palavras projetadas e assim transmutadas em imagens, fazendo lembrar que o drama barroco foi feito também para ser lido. É que o espetáculo é a própria palavra. Mas a pompa logo assume sua tristeza; o carnaval é desolador e melancólico, o festejo é da fragmentação. *Alice e Baltazar* é denúncia barroca da desordem, ao mesmo tempo em que procura instaurá-la como ordem, mostrando-a precária, porém possível. Dispersando e conjugando as significações, a disjunção impede as dicotomias símbolo/alegoria, ordem/desordem. Os planos e camadas de imagens dobram-se e desdobram-se, conectam e desconectam presentes. As emoções se fazem do choque de fragmentos. O carnaval – o da cena teatral e o da Marquês de Sapucaí – é luto e luxo.

Assim também *Para não morrer* (dramaturgia de Francisco Mallman baseada em Eduardo Galeano. Curitiba, 2018). Uma Sheherazade ensanguentada e velha como os tempos conta histórias de mulheres reais ou fictícias, para não deixar que elas morram definitivamente e possam viver na memória. Uma memória de retalhos da América Latina oprimida. A contadora de histórias é alegoria de si mesma, uma espécie de figura materna arquetípica, enraizada na cadeira onde se senta, brotando de uma árvore cujos ramos e raízes são desejos, maus tratos, genocídios, arbitrariedades, alegrias, irreverências, esperanças, astúcias. Nela tudo se mistura; aquelas que são lembradas – e cujos nomes podem ter sido esquecidos – terão garantida sua permanência no mundo, para além de todo sofrimento. É que narrar devolve a vida de quem se foi para a vida de quem aqui está. Narrar constitui as alegorias deste ato cerimonial que honrava os guerreiros gregos mortos em combate.

Aqui se encontram todos os tempos, o tempo. Todos os presentes, a presença que foge. Os tormentos de Artaud são reveladores: do desejo de dar fim à representação para encontrar as coisas, em sua pura presença; de seu corpo como si-mesmo, num combate com forças de retorno. Despojada de nome ou de imagem, a coisa se fende e cava distância suficiente consigo mesma para restabelecer designações. É assim que Dionísio morre e renasce no nascimento e na morte do teatro. A representação se faz e desvanece, do mesmo modo que o dispositivo wagneriano é desmontado por Artaud: daí a cena contemporânea, um movimento que vai de um polo a outro sem nunca deter-se; um trânsito "entre". Assim também podemos ver a articulação posta na crise que vai da tragédia à morte de Sócrates e Cristo e abre o horizonte do drama de martírio, conforme verificamos. São todas situações que mostram não uma alternativa, mas uma paradoxal afirmação de contrários: temporalidade aiônica ou monádica, onde se manifesta uma dificuldade com a descrição de processos cronológicos. Ao que tudo indica, somos pós-dramáticos a preço de sermos também pré-dramáticos, na euforia do eterno retorno.

NÓS E ELES, GREGOS*

Tenho estudado o trágico a partir de duas tentativas fundamentais: a primeira é distingui-lo da tragédia grega, para apanhá-lo no entrecruzamento de aspectos anteriores e/ou posteriores à eclosão dela. Em segundo lugar, observo possibilidades e modos de comparecimento do trágico na sociedade contemporânea, globalizada e superinformada. Nela, a verificação da presença do gênero dramático definido como tragédia encontra-se impedida, conforme têm demonstrado os estudos da cena teatral. Basta ver que, se acompanharmos Nietzsche (1982), o gênero tragédia nasce e morre entre os gregos. Em Aristóteles (1966), a *Poética* tenta propósitos políticos que demonstram a falta de diálogo com as origens. É

* Primeira versão originalmente publicada como capítulo do livro *Arte-cena*, organizado por mim e Luiza Leite. Rio de Janeiro: Circuito, 2017. Algumas revisões e adaptações foram realizadas para esta publicação.

que a razão não suporta enigmas – demonstra o drama euripidiano. Abordei, em trabalhos anteriores, as dificuldades em admitir a permanência da tragédia entre os cristãos, embora processos de tragicidade operem das mais diversas formas ao longo da história do teatro. Trabalho, portanto, com rastros e indícios, ligados tanto a nós quanto a eles, os gregos.

Artaud (1985) atua, para mim, como Virgílio para Dante. Guiada e sempre desviada por aquele corpo sem órgãos, vou, venho e volto para tornar a ir e retornar. Abraço a errância e o erro. Tomo atalhos, sou um pouco Ulisses, à diferença de que me deixo encantar por sereias. Escuto frequentemente reverberações e dissonâncias. Pasmo diante de perguntas que já deveria ter feito; felizmente, outros as formularam por mim, em alguns casos. Como o de Derrida, a respeito de que gregos são aqueles dos quais falamos.

Aqui, é preciso fazer uma parada para indagar sobre nossa relação com eles, observando problemas de identidade. Artaud me traz a Derrida (1994), que aponta para "nosotros otros griegos, nosotros los griegos": designações equívocas, no espanhol em que leio o texto *Nos-otros griegos*. Cabem em português, "nós, outros gregos", "nós, gregos outros", "nós-outros". Aqui nos deparamos todos com heranças, convenções, interpretações dominantes. Derrida se diz, nesse texto, incompetente; mas, como se formam a competência, seus pressupostos e estatutos, em meio a cruzamentos de signos, seus lugares e não-lugares; deslocamentos de horizonte do grego e suas delimitações? Os textos são rastros (restos) em duelo entre si e conosco; fraturas dos gregos consigo mesmos; eles são "outros", espectrais e instáveis. Dizemos "gregos" dizendo "nós" e "eles", traçando afastamentos e aproximações, em rotas de analogias e partilhas, dessemelhanças. Dizemos, sobretudo, da precariedade das nomeações e configurações, sempre anacrônicas. Neste caso, as analogias, são, antes, anomalias: rugosidades, dobras, desvios. Perguntar sobre os gregos (que gregos?) é perguntar sobre nós (que nós?), todos fendidos, abissais – contemporâneos deles e de nós. Quer Derrida que falemos dos gregos não paradigmática ou epistemicamente, mas fazendo pulsar as "diferenças" e os "diferendos" – certamente atribuindo a estes últimos as incompletudes e inacabamentos próprios de todo processo. O que é diferendo está sempre gerundivamente diferindo, sem jamais abandonar ou adotar, em definitivo, semelhanças e diferenças. As anomalias habitam as analogias. Conservamos palavras gregas que, frequentemente, nomeiam sentidos e coisas improváveis. Inventamos etimologias e arqueologias, ativamos e ocultamos memórias porque ansiamos pela legitimidade da erudição. Assim estatuímos poderes sobre nós e eles. Mas não sejamos severos: lidamos com simulacros em cujo interesse e fertilidade apostamos, conforme veremos mais adiante.

A tradição se enraíza e desenraiza, em alteridades irredutíveis a qualquer ontologia ou hierarquia. De resto, restam o indecidível, apropriações de heterogeneidades, inclusões e exclusões. As (des)identidades, na qualidade de simulacros, são incontroláveis; impedem a unidade do grego em geral, numa despossessão de origem, deles e nossa. Eles quem, se já eram outros de si mesmos? Nós quem, herdeiros e outros, hereges e bastardos?

Este “outro”, estrangeiro onde quer que se apresente, é Dionísio. Mas então estaríamos, desde sempre e já, (des)alojados, (des)figurados e (des)apropriados do outro de nós e dos gregos. Nós: outros, porém gregos, devedores de conceitos desde sempre em nós, desde sempre devolvidos à origem? Ou nós, completamente outros? A permanente ruptura nos dota de uma história e uma memória impuras – somos gregos e outros; gregos alterados, porque alteramos “al griego en nosotros” (DERRIDA, 1994, p. 191).

É possível ler ingenuamente os gregos? Pergunta em si mesma ingênua. Somos *in-génos*; vivemos a ambiguidade do prefixo: sem *génos*, no *génos* – somos o enigma posto entre nós e eles, que nos (des)possui deles e de nós; nós-eles-outros. Diante deles, somos fascinados e atirados a infindáveis interrogações, abismos entre verdades e obscuridades. Mergulhamos no problema trágico da individuação. Desarmados, estaremos libertos para tecer possíveis fabulações, no lusco-fusco das verdades, numa atitude ativa – não defensiva ou esquiva. Investidos pelas palavras herdadas, sabemos de suas instabilidades e inapropriações. Sabemos de seus turbilhões, sempre à espreita; e indecidibilidades, partes da decisão de cindi-las, para trafegar através de forças instáveis e conflitivas. As palavras impedem as identificações serenas. Derrida (1994, p. 197) define a grande herança grega: o “uno diferente de si”, de Heráclito, falando-se a partir do lugar do mesmo e do outro.

É necessário estudar os gregos aceitando o fascínio e a dívida com eles, seus excessos e suas reservas corporificados nos enigmas, pois eles se oferecem copiosamente, mas também são avaros de si. É preciso ser surdo e incompetente perante eles para melhor representar o papel do outro e dar, assim, um possível contorno a sua estranheza e beleza – maneira de manter o encantamento. É preciso também, ao contrário, transitar através de perguntas irrespondíveis e, ainda assim, reiteradas, do mesmo modo como talvez eles tenham feito a si mesmos e a seu próprio respeito. As linhas se cruzam em "mim" (eu, Derrida; eu, Carmem; eu, Artaud).

Na segunda parada, Artaud me leva a lembrar que Dionísio morre e renasce na *polis*, no momento mesmo do surgimento do teatro. Então penso, a propósito de que gregos falamos, se não haveria outros gregos, além dos pré-socráticos e dos democráticos, outras gerações, menos evidentes a nossas memórias habituadas a esquecer.

Tal como fiz com Derrida, aproveito mais esta oportunidade para me insinuar entre as linhas e respirações (inspirações) de *Lógica do sentido*. O encontro agora é com Deleuze (1974) e suas considerações sobre os estoicos. Claro, aprecio paradoxos. E me comprazem as reviravoltas da representação (afinal, é de teatro que tratamos). Alice não é ao mesmo tempo maior e menor, mas torna-se ambos, num devir que se furta ao presente, sem distinguir antes e depois e puxando nos dois sentidos. O devir é processo permanente; ele é deixando de ser para tornar-se o que já é e nunca será – diferença consigo mesmo, negando-se e afirmando-se: acontecimento puro, a desorganizar os saberes, o senso comum (terreno das identidades) e o bom senso (seta que aponta e afirma um sentido único). Questão de temporalidades e espacialidades. *Cronos*, segundo Platão, faz distinguir coisas, qualidades fixas ou temporárias. Os repousos são tempos presentes que designam sujeitos, coisas e seus estados de presença. Mas há também *Aión* – devir sem medida e sem repouso no presente, coincidência de passado e futuro. Não se trata das dicotomias inteligível/sensível, Ideia/matéria; algo se oculta nos corpos sensíveis e furta-se às ações da Ideia, num devir ilimitado e relacionado aos simulacros, não às cópias ou às ideias.

O *Crátilo* de Platão (1963) traz perguntas sobre a relação do devir com a linguagem: as palavras deslizam sem se deter sobre aquilo a que se remetem? Há dois tipos de nomes, um que recolhe imperfeitamente a ideia e faz cópias; outro que expressa devires rebeldes (simulacros)? Seriam estas as duas dimensões da linguagem? A ligação do nome às coisas é natural ou arbitrária? As perguntas não são respondidas. Mesmo assim, Platão decide trocar a incerteza de *aletheia* (verdade do ser que se esconde no mesmo movimento de manifestar-se) pela verdade da metafísica e sua representação pensante da coisa, sob o domínio da Ideia.

A lógica do simulacro, penso, produz a ruptura do sujeito e do objeto, da sua relação, no âmbito do rizoma. Os paradoxos definem – infinitamente – passado e futuro, mais e menos, causa e efeito. Aqui se instala a simultaneidade da representação/não-representação artaudiana, numa lógica de multiplicação daquilo que ela solapa: a representação se põe, agora, no terreno instável do devir-louco – pois se trata de pensá-la e vivê-la no mesmo lugar onde o teatro da crueldade faz, desfaz e refaz as suas narrativas. A luta é contra o duplo metafísico – o nome, o signo (ARTAUD, 1985), numa permanente e inócua tentativa de encontro com as coisas mesmas (GADELHA, 2013).

A linguagem fixa os limites, mas também os ultrapassa e os lança ao devir: afirmação de sentidos opostos (passado e futuro), furto do presente, inversão de causa e efeito. As identidades se perdem, com seus nomes próprios (caso de Alice), demais substantivos e adjetivos. O abalo ativa as subjetivações em processo. O próprio é propriedade constantemente alienada de si. O *idem* não é o *ipse*. Sou Carmem sempre que Carmem, entre outras, sou eu; sou Carroll quando autora de minha leitura de Alice: ordem de apropriação que destitui a mim e a Carroll, pondo-se entre nós. Este "nós" compõe-se de identidades, ipseidades e subjetividades em trânsito, com ganhos e perdas de cada um; deslocamento permanente, eternas trocas de posição que subjazem à propriedade do nome e a pressionam. Ao que parece, não haveria mesmo resposta às perguntas de Platão, no *Crátilo* (*idem*).

Os devires fundem substantivos, arrastam os verbos nos acontecimentos onde se perdem o eu e o mundo, em provação e privação de saber e enviesamento das palavras – diagonais entre elas e as coisas. A efetivação dos verbos é agir e fazer: *poiesis*. Ela transita entre o sujeito e o objeto, pondo-se a si mesma. Se o devir existe sem se realizar, ele se dá como pura potência. E potencial é modo subjuntivo, infinitivo, modal. "Posso escrever" ou "Escreveria" são diferentes de "Eu escrevo". O paradoxo não repousa no sujeito ou na obra, mas torna-os possíveis. O processo é semelhante ao de autoria, porque o "Eu" é incerto de si, já que a obra é lugar de atravessamentos de identidades, trocas de nomes, paradoxos. Por aqui desliza o autor: no autopoético da *poiesis*. Não é excessivo lembrar Foucault (1992), para quem o sujeito autor não é mais do que parte do funcionamento da linguagem.

Com os estoicos, corpos, tensões, qualidades, relações, ações, paixões e estados de coisas se misturam; o único tempo é o do presente, ato que se estende em ação e paixão. Os corpos são causas uns para os outros. Os efeitos são incorporais, sem qualidades e propriedades; não são coisas nem estados de coisas. São acontecimentos que, como tais, não existem, mas insistem num mínimo de ser. São verbos, não agentes nem pacientes; mas impassíveis resultados de ações e paixões. *Aión* infinitivo e infinitamente dividido.

Sobre esta dupla apreensão do tempo, diz Deleuze: "Só o presente existe no tempo e reúne, absorve o passado e o futuro, mas só o passado e o futuro insistem no tempo e dividem ao infinito cada presente. Não três dimensões sucessivas, mas duas leituras simultâneas do tempo" (1974, p. 6).

Acrescento, ao verbo, o advérbio: o efeito não é qualidade ou ser, mas maneira de ser; não é passivo nem ativo. Ele multiplica incorporais, distinguindo-se dos seres e forças de profundidade – onde estão as misturas, a produzir estados quantitativos e qualitativos. Os incorporais habitam a superfície dos corpos, retirando uns dos outros.

Aqui nos deparamos com o abalo do edifício platônico, pois as misturas são entre corpos e de corpos: trocas e interações imanentes. Só na imanência pode dar-se o trágico, na cisão das relações causais e no âmbito das quase-causas dos efeitos incorporais. O "divino labirinto dos efeitos e das causas" (Borges) comprime-se e estreita-se, na reta de *Aión*.

Os epicuristas mantêm a homogeneidade da causa e do efeito, mas, com eles, a causalidade não tem destino: o *clinamen* se localiza numa fenda ínfima entre o círculo e a reta que o tangencia. Aí se aloja o acontecimento – desvio pelo inesperado, um mínimo que mobiliza turbilhões. Os estoicos têm a linguagem como um si-mesmo, independentemente da descrição da realidade e das causalidades que ligam o sensível ao *logos*. Em Aristóteles, diferentemente, as substâncias vinculam-se ao ser; os acidentes do ser são inessenciais. Para os estoicos, os incorporais são extra-seres não existentes, "alguma coisa" vagueante entre as existências e insistências. Anti-aristotelismo que fratura a ação teatral e a cronologia nela implícita. Reverte-se o platonismo, porque os corpos são substâncias e causas; a Ideia torna-se extra-ser ineficaz na superfície das coisas. O que era impassibilidade e eternidade em Platão, é não-ser. Mas aquela "alguma coisa", que não se submete a ser cópia e se furta à Ideia, não se deixa recalcar completamente. Permanece na resistência e insistência dos simulacros. O simulacro é i-mundo, não mundo: resíduo do caos recusado pelo cosmos. Deleuze (1974) faz lembrar que Sócrates pergunta se a lama se esquiva à Ideia; ou, ao contrário, se a Ideia abarca tudo. Artaud se atormenta com a in-sistência (trágica) de suas fezes, o ilimitado e desmedido (*hybris*), que vem das profundezas para tornar-se efeito e cumprir um papel. Os efeitos são óticos e hápticos, incorporais que são, agora, fantasmas subindo à superfície da linguagem. Imperam aí os paradoxos. O acontecimento é demasiado, mas também insuficiente.

O outro nome do fantasma é a arte, em sua plena potência de produção de imagens (não-coisas) incorporais. Dá-se, aqui, oposição a Aristóteles e à tragédia grega que ele viu ou pretendeu ver domesticada. Oposição háptica e ótica também ao aristotelismo renascentista de uma arte e uma ciência "de Estado" (SZANIECKI, 2007). Convenhamos que qualificamos como "tradição aristotélica" uma normatividade inaugurada com a Poética. Trata-se, nela, de uma gestão das boas sensações: *aisthésis* contra *poiesis*.

"A véspera e o amanhã", conforme indica Artaud, através de Derrida (1995), indicam lugares e tempos "entre". Permito-me, com eles, pensar o trágico na ordem dos pré- e dos pós-socráticos, sendo estes últimos os estoicos e suas reversibilidades e conjugações (*confatalia*). Deleuze (1974) mostra, com Alice e suas aventuras, que só as meninas entendem a linguagem dos acontecimentos incorporais. Penso que talvez também as mulheres, sacerdotisas como Cassandra, rebeladas contra o modelo masculino e adulto. Elas fogem, diga-se, por uma banda de Möbius, resvalando na reversibilidade e continuidade do dentro e do fora, na passagem direta da realidade ao sonho. Os acontecimentos tornam-se dobras, redobras e desdobras da profundidade; o espaço é de não-orientabilidade. O tempo, o de *Aión*. Quem está em êxtase é um coro – múltiplo, anterior e posterior a qualquer de suas máscaras; polifônico, desmedido, dissonante.

Novamente Artaud (1985) me desloca, para repetir uma de suas indicações mais férteis, ao tratar de acabar com as obras-primas. Estou agora no Teatro de Bayreuth, onde o apagar das luzes sobre a plateia e o uso do espaço – praticado como um cubo – fazem o coroamento e a derrocada da estética clássica. Wagner quis uma cena harmoniosa, capaz de realizar a experiência totalizadora da reunião das artes, sob a égide do drama e da música. Adoto aqui a noção de drama como gênero dramático (ROSENFELD, 1985), obra de arte literária destinada ao palco e suas coordenadas de fruição e virtualidade. Assinalo a forte coloração aristotélica emprestada por Wagner ao seu projeto de um eixo narrativo capaz de, através dos corpos e vozes, harmonizar as diferentes linguagens. Deleuze e Guattari (2012) fazem lembrar o cubo, que, na geometria euclidiana, define o teorema do espaço. Mas, já com Appia (s.d.), as forças da cena (corpos, movimentos, durações) forçam os limites do palco e o rasgam, quebrando a quarta-parede e mostrando as fraturas, heterogeneidades e desarmonias provocadas por focos de luz descontínuos, fragmentadores do olhar. É que a cena tem mais afinidade com Arquimedes e os problemas da experiência no mundo.

De Appia ao corpo sem órgãos, alguns pulos. Soltam-se as cadeias do drama e da encenação moderna para dar passagem a uma expressão que, na cena contemporânea, apresenta-se nos limiares entre espaços, corpos e identidades – façanhas de coro. Nesta operação, o pós-moderno é, ao mesmo tempo, pré-moderno, pré- e pós-teatro, tal como indica Artaud. Habitamos os intervalos e interseções, as demolições e reconstruções das paredes de Bayreuth. Nosso teatro é total por assumir o inacabamento como condição de sua existência feita de insistência e resistência. Nele, reverberam retornos, não no seio do platonismo, que representa a ordem da Ideia, impondo o mesmo e o semelhante – espiral onde um centro copia o eterno. Mas num platonismo revertido, onde os simulacros saem de sua condição recalcada e impõem-se como "a mais alta potência do falso" (DELEUZE, 1974), devorando os fundamentos, superpondo máscaras a máscaras – dionisismo a descentrar o círculo, destruir os ícones e pulverizar as semelhanças, impedindo-as de retornar ao mesmo.

"Cada cual com sus griegos, y a cada cual según sus griegos", diz Barbara Cassin (1994, p.12). Meus gregos incluem Zé Celso, o grupo carioca Bonobando e João Pedro Orban, com seus sátiros e bacantes, afeitos às correrias, à alteridade e à multiplicidade. A cena onde se movem é a de não-heróis coletivos: figuras não referidas a uma progressão passado/presente/futuro. As nomeações são tão precárias quanto as máscaras. As formas se formam e desformam, em lirismo coral. Tanto EU quanto NÓS são eternas terceiras pessoas a se multiplicar em teias referenciais e jogos de atravessamentos de singularidades. São todos impuros como aqueles outros sobre os quais diz Nietzsche: "Nada há de mais absurdo que atribuir aos Gregos uma cultura autóctone; pelo contrário, assinalaram a cultura viva de todos os outros povos e, se chegaram tão longe, foi porque souberam continuar a arremessar a lança onde um outro povo a tinha deixado" (1987, p. 19).

RUAS FORA DE CONTROLE*

Uma entrevista de Gilles Deleuze a António Negri (*Controle e devir*) e um pequeno e seminal texto (*Post-scriptum sobre as sociedades de controle*) acabam de fazer trinta anos de sua primeira publicação, na coletânea *Pourparlers*, 1972-1990 (Minuit, Paris, 1990); no Brasil, *Conversações* (DELEUZE, 1992). Quero, aqui, relembrá-los; tornaram-se clássicos, sem serem, de modo algum, monumentos. Por isso mesmo (e muito mais), mantêm não apenas sua força afirmativa, mas, principalmente, a capacidade de indagar sobre nosso presente; tanto aquele que se estende desde esses trinta anos, como o que hoje nos acossa. A alegria da memória é poder reviver o impacto causado em mim por aquelas palavras, aquelas ideias, aqueles modos de dizer. Embora eu não me

* Primeira versão originalmente publicada na Revista Latinoamericana del Colegio Internacional de Filosofia. Universidad de Valparaiso, Chile, v. 7, 2020. O texto foi revisto para esta publicação. Embora os fatos aqui apontados sejam já datados, acredito que as condições históricas permaneçam tristemente em vigor.

tenha tornado especialista em Deleuze, jamais deixei de tê-lo num jogo de proximidade e afastamento, um namoro que quer manter o frescor do primeiro encontro. Concedo-me a simplicidade da tarefa de retomar alguns temas dali extraídos, porque imagino ser a filosofia um dizer da própria vida, ali onde o pensamento pressiona (a)o agir. Peço, portanto, licença para tratar apenas de associações afetivas, as lembranças impondo-se ao presente, o presente recuando para pensar-se e indagar futuros. Menos que um ensaio, parto de queridas lembranças para traçar apontamentos aos quais comparecem outros textos e autores. Pode tratar-se também de uma crônica, no seu diálogo com o tempo atual.

Olho as ruas de domingo, 7 de junho de 2020. Vejo-as pelas pequenas e grandes janelas virtuais abertas por imagens e narrativas em meu celular, o computador, a TV. Sou assaltada pelo espanto, o medo, a expectativa. Quem foi à rua o fez num ato de suprema coragem. A todo momento vem até mim a memória de outras ruas, outras lutas – na confluência de *polis*, política, poética. Então me lembro de Deleuze e seus dois pequenos textos, tão sucintos e tão largos. Singulares.

Está entre as palavras aquela que se refere ao Intempestivo, na diferença devir/história, mas sem oposição entre o eterno e o passageiro. Aí se dá o Acontecimento, efetuado num estado de coisas, porém carregando consigo um devir que vai muito além. Ele escapa à história para permanecer como potência do acontecer. A história apenas comparece enquanto conjunto de condições dadas para que algo seja efetuado. Assim evitamos a indeterminação, podendo dizer que algo se deu, com tais e tais contornos. Por outro lado, a história desvia-se ou rasga em seu ventre uma fenda para que se crie algo inédito. É então que o Intempestivo se encontra com o Intolerável.

Temo estar repetindo o que muitos já disseram. É que algo intempestivo passa por mim e me comove, seja turbilhão ou leve sopro. Algo que vi em uma linha, a propósito de Primo Levi, sobre o devir revolucionário – "o único que pode conjurar a vergonha ou responder ao intolerável" (*idem*, p. 211).

A meu ver, é nesse desvão (nada impede seja ele sutil) que se instala o trágico.

Penso na expansão permanente e inexorável do capitalismo, no acirramento da exploração sem limites, no fim da demarcação das jornadas de trabalho, na escravidão e no abandono. Pergunto novamente sobre as ruas de domingo, cheias de jovens, mulheres, negros e brancos. Máquinas de guerra que não se definem por estar em guerra, mas por buscarem um modo de ocupar o espaço-tempo e torná-los outros, abrindo linhas de fuga. Assim como fazem os artistas. A divisão não está entre quem foi ou não à rua, conforme declara Guilherme Boulos, mas entre quem pode ou não cumprir sua quarentena; ou, ainda, a divisão se dá entre aceitar ou não os excessos da dominação.

As máquinas de guerra servem para pensarmos o racismo, por exemplo. Ele é componente do nazismo; pode produzir em nós a mesma "vergonha de ser homem". Embora não diretamente responsáveis, "fomos todos manchados" – pelo nazismo que se renova e pelo racismo instalado há gerações. Não pudemos, antes nem agora, impedi-los.

Trágica vergonha do riso vulgar perante as piadinhas, as *fakenews*, o sadismo com que vemos todos os dias serem roubadas infâncias e esperanças. Equivale à vergonha o aprisionamento a uma história que já conhecemos e permitimos que incessantemente se repita. Tudo isso em nome de uma maioria que não é numérica, mas conforme a um modelo hegemônico – branco, europeu, heterossexual. A minoria é devir, processo que foge ao modelo – caso dos negros e das mulheres no Brasil, que são em número maior. Criando um modelo, a minoria pode alcançar ser majoritária; mas sua potência de minoria escapa ao modelo criado porque quer permanecer em devir.

Apela-se, com a arte, a um povo que está sempre por vir. Embora não possa criar esse povo, a arte abre e propõe espaços para resistir "à morte, à servidão, à vergonha" (*idem, idem*, p. 215). Penso que a cena de nossas ruas, no último domingo, carrega consigo o caráter de devir minoritário da arte. Algo se reencontra como criação poético-política de um povo por vir. Isto porque a sociedade de controle, com seu alto poder de dominação, não pode impedir as tomadas imprevistas de palavra. Já não nos confinamos em fábricas, escolas, prisões (Foucault). Mas ainda somos um tanto do que já não somos. Não somos ainda o que, no entanto, já nos tornamos, mesmo contrafeitos. Caminhamos cegamente e a passos largos para a derrubada da última árvore; para a educação à distância e de perene controle sobre o estudante e o professor. Liquidar a escola e precarizar o trabalho são os contornos apresentados agora pela história.

Certamente, não dependemos apenas de retomada de poder

de palavra e produção de imagens. Isto fazemos incansavelmente, mas também sem escapar aos circuitos da repetição. Porém, trata-se de desviar a palavra, quebrá-la, criar com ela vácuos e interrupções para escapar ao controle. Sim, isto é desempenhado pelo teatro; e, sim, pela cena da rua. Um e outro agem num processo de produção subjetiva, tanto individual como coletiva, que escapa aos poderes constituídos e às falas dominantes, mesmo que venham a integrar novos poderes e saberes. São acontecimentos não explicáveis pelas circunstâncias onde se situam ou venham a se localizar. São instantes de subjetivação e oportunidades, no limite dentro/fora do sujeito, dentro/fora da história. É então que o Intempestivo se põe em ato, pressionando o pensamento e enfrentando seus perigos.

Para voltar a acreditar no mundo do qual fomos desapossados, é preciso escapar ao controle, mesmo que em um pequeno espaço-tempo. Criar um povo só pode ser na falha ou na dobra das coisas. Inventar um povo é aceitá-lo como devir, querê-lo inacabado, sonhá-lo indeterminado e transbordante de um possível modelo advindo da luta. Povo faltante e em falha. Diz Deleuze (1997), em outro pequeno texto de *Crítica e clínica*, que o excesso de completude e saúde é fascista.

O perigo da morte nas ruas ("de susto, de bala ou vício" ou, ainda, de COVID) me leva agora a Walter Benjamin (1984) e ao barroco: a morte é a mãe de todas as alegorias; elas proliferam imagens que remetem a algo outro, alcançando outros espaços, outros tempos, metáforas, paradoxos, metonímias. No último domingo, os corpos se deitaram no chão das ruas, como os mortos: Marielle, George Floyd, o menino Miguel, o adolescente João Pedro. O nome de cada um é o nome de todos. "Eu não consigo respirar" torna-se um lema, uma palavra de ordem pela qual nossos mortos se alegorizam e se tornam todos nós. Tomam os corpos e correm, desfilam, tropeçam.

O *trauerspiel* (espetáculo do luto), desfaz a proibição, seja pelo COVID, seja pelo fascismo, aos funerais. Alguns corpos importam mais que outros, mostra Judith Butler (2019). Negros, LGBT, pobres são quase inexistentes, de tão desimportantes. Mas, vidas negras, LGBT e pobres importam. E porque importam para a vida, requerem o luto. Não o luto midiático, que atua na confluência entre o vírus e o uso oportunista da pandemia para propósitos genocidas – claro, contando com os subterrâneos das redes sociais.

Trata-se de um luto que (re)encontra na rua um espaço de compartilhamento e ressensibilização dos corpos, uns pelos outros, ali onde a presença é festa e contágio de solidariedade, desfazendo as divisões entre espaços de olhar e espaços de ver. Misturando o que estava separado, separando o que estava misturado, outra vez fazendo e desfazendo relações. Escapar, teatralmente, ao próprio dispositivo da casa de espetáculos; usar a rua como contradispositivo, na acepção de Agamben (2009); dar carne e visibilidade ao que importa, ver além do visível: são ações libertadoras da presença, ações libertadas por ela, no uso de palavras que vão além delas mesmas e se convertem em falas. Uma tal cena incita, entrecruza forças, amplia seu próprio alcance ao inventar uma obra de arte. Ela é feita de disjunções, (des)acordos, (des) conformidades, uma abundância de formas porque não dispõe de formas prescritas. A linguagem situa-se, então, além do que vimos, ouvimos, dizemos: ativação de forças de subjetivação.

O que está em jogo é a insurgência contra o Intolerável, na experiência de partilha do comum e do sensível (RANCIÈRE, 2012). Aí estão o teatro e a cena, barrocos ou trágicos, cuja maior personagem é, já dissemos, a morte: a que nos ronda e a que choramos e para a qual celebramos, cênica e coletivamente, um funeral. Coletivamente, como convém à arte, em sua íntima relação com a vida e a política. Somos presentes e co-presentes, na *polis* e no teatro, recortando e redefinindo lugares e relações. Com este espaço de presença, retomamos o tempo presente que nos foi sequestrado.

Na rua como no teatro, o que recuperamos, na encruzilhada dos tempos, é um gesto e uma voz de um povo por vir. Quero invocar o nômade e sua máquina de guerra (DELEUZE & GUATTARI, 2012). Ele ocupa um espaço do qual não quer tomar posse, metrificar, povoar com monumentos. O guerreiro nômade arremete contra o Estado, não para tomá-lo, mas para mudar-lhe as destinações. E se o Estado se apodera da máquina de guerra, seja para aniquilá-la ou para assimilá-la, jamais consegue fazê-lo totalmente. Aqui podemos comparar o palco à italiana, que simula ser liso, como o tecido produzido pelo tear. Nele, a coordenada de largura determina a trama feita com o cruzamento de fios. Máximo de estriamento que se vê também no palco, de sofisticada metrificação – o que o aproxima da arte clássica e de Estado, fingidores de harmonia e homogeneidade (SZANIECKI, 2007). O tecido nômade, por excelência, é o feltro, um aglomerado de fibras prensadas, sem centro ou direção. Há também o espaço liso do mar, maximamente metrificado pelas Navegações, mas também sempre restituído ao seu liso. Como o deserto e as geleiras.

Quero dizer que a cena da rua é feita de uma ocupação que trata o espaço exaustivamente estriado pelos poderes, de modo a fazê-lo parecer liso. Mas é em suas estrias e desvãos que o nômade Dionísio (o sempre estrangeiro onde quer que esteja, o sem-lugar) faz a sua aparição epidêmica. Em êxtase, ele salta e corre, desdenhando monumentos e outras marcas de dominação, furtando-se e resistindo aos poderes, para traçar roteiros fora do previsto e não determinados pelos saberes. Dionísio dança abraçado a Exu das Encruzilhadas.

Esse "fora" produzido pelas manifestações põe o controle em contato com o arcaico – um corpo crucificado pelas redes digitais ganha o asfalto e transmuta-se em guerreiro. Ouso dizer que talvez se pratique aí um ato de profanar a religião do capitalismo, dado por Agamben (2017) como improfanável. Pois a rua traz de volta o que foi usurpado ao uso comum e tornado sagrado. É que algo de poético se instala onde não é esperado.

VOLTAS E REVOLTAS: POTÊNCIAS TRÁGICAS*

É necessária uma abordagem ético-política da tragicidade na cena contemporânea. Trata-se de observar a eclosão de figurações do corpo ferido e de vozes minoritárias daqueles que se encontram em condições de cidadania precária. A atenção se volta para a teatralidade em aspectos de lirismo coral – um trânsito por processos de subjetivação e modos de presença do arcaico.

Uma ideia de teatro (melhor dizer teatralidade) contemporânea. Junto a isto, indagações (sempre e novamente elas) sobre os modos de comparecimento do trágico na sociedade globalizada, ao desabrigo do gênero tragédia. A cartografia é de aliança problemática entre o modelo hierárquico da árvore – que sustenta

* Primeira versão originalmente apresentada em forma de comunicação oral no Seminário "Cena Expandida – Tragi-cidade" Programa de Pós-Graduação em Artes da Cena. Escola de Comunicação (UFRJ), em 2015. Foram feitas modificações para este livro.

análises históricas (sincronia/diacronia) e de discurso (sintagma/paradigma) com o rizoma. A operação exige rebeldia à dicotomia verdadeiro/falso e o abraço ao descentramento e ao inacabamento, com a expectativa de captar singularidades, vendo nelas a multiplicidade. Sei que me repito (não se aborreça o leitor): dou o nome de "contemporaneidade" a uma conexão de tempos; composições do mais recuado e arcaico (*arkhé* – múltiplas origens) com o mais próximo da experiência do presente – uma abstração comprimida entre passado e futuro. O passado traz as marcas do tempo deixadas no espaço e no corpo; uma memória de afetos e experiências. O presente jamais se efetiva, a não ser nas sensações dadas pelas presenças e co-presenças; ele já é passado quando o designamos; o futuro, mesmo com suas esperanças, aniquila o presente na direção do passado: *aion* e suas duas setas que repousam sobre a mesma reta, convergindo para o mesmo ponto.

Neste ponto pode estar Artaud, com suas interrogações a respeito da teatralidade – fendas abertas pela crueldade. O inconformismo com a representação conduz ao permanente retorno dela – espelho que nos nega a imediatidade. Neste espelho, Wagner. Entre estes dois parâmetros (Bayreuth e o espaço sem fronteiras ator/público de Artaud) e suas combinações, o ilimitado. Ele leva tanto a extremos onde é preciso recompor a tradição para nela projetar a radicalidade das novas experiências, quanto a reafirmações do modelo wagneriano – mas sempre sob a marca da fenda indagadora. Do ponto de vista cronológico, a ruptura do paradigma moderno implica a articulação com aspectos de continuidade e pode ser detectada na segunda metade do século XX, com os herdeiros das perguntas artaudianas – Grotowski, Kantor; entre nós, Zé Celso, Gerald Thomas, Enrique Diaz.

Podemos dizer que o teatro contemporâneo transita entre os dois polos (Wagner, Artaud), o que exige instalar a escrita num campo sempre a cartografar-se, contrariando o livro-árvore, a dicotomia (DELEUZE & GUATTARI, 1995) que tem, como modelo, o pensamento clássico. Nele, recusa-se a multiplicidade: um tronco se enraíza e sustenta os ramos secundários. Conectar heterogeneidades (regimes diferentes de signos, distintas naturezas e coisas) para buscar os agenciamentos coletivos de enunciação – seu funcionamento perante o livro, a gramática, os poderes – constitui o trabalho do rizoma. Este não-método trai as dicotomias em favor da genealogia, busca o descentramento, anseia pelas superfícies onde sujeito e objeto perdem unidade porque as grandezas combinadas formam uma trama de indiferenciações, fugindo ao quantificável e às hierarquias. O território é o da multiplicidade, sempre desterritorializado e reterritorializado mais além ou aquém, em jogos com as singularidades. As novas conexões impõem o intercâmbio entre o dentro e o fora (a linha de fuga perfaz novas conexões, tornando-se interna) e se negam à sobrecodificação, à determinação histórico-conceitual. As linhas de fuga proliferantes são também limites continuidade-ruptura; o que desfaz dicotomias pode encontrar novas organizações de conjunto e reconstituições de sujeito (com predicações e atribuições). No teatro, novas narrativas se recompõem; rearticulam-se figuras. O palco à italiana abriga espaços de indeterminação, rompendo fronteiras dentro/fora, atores/espectadores. Aqui se faz, na cena, a associação da árvore com o rizoma.

Trata-se de fuga à *mimesis* clássica, feita esta de decalques hierarquizados que sempre reconduzem ao mesmo. Na qualidade de mapa, o discurso constrói-se nas conexões e desbloqueios do corpo sem órgãos, nas aberturas e reversibilidades; ele se rasga e desmonta em ações políticas de múltiplas entradas e processos de subjetivação.

Ser moderno teve (tem) o preço da perda de contato com a alegria e a dor trágicas. Artaud soube e viveu, erguendo libelos em nome da festa que, utopicamente, combate a representação e instaura a presença: força dionisíaca de união e indistinção eternamente a se deparar com Apolo – a separação. Com Nietzsche e Artaud, o teatro compreendeu-se como lugar de uma cisão. Nele se experimenta a nostalgia (dor da ausência) e a utopia (todos os tempos e espaços, nenhum tempo/nenhum espaço), num trânsito incessante que passa pela unidade e a fratura. Então, somos, sempre e de novo, Todomundo e Ninguém, arcaicos e contemporâneos. O teatro se torna o que sempre foi: o abrigo (proteção) desta angústia e deste sonho. Abrigo também na acepção latina: *apricum* é lugar aberto pelo menos por um dos lados. Ganhamos hoje a praça.

Artaud ajuíza: o Ocidente elaborou uma "doutrina do juízo" e a impôs à ação trágica; neste tribunal, a dívida é eterna e irresgatável. Sob o cristianismo, não há lotes distribuídos pelos deuses, mas o juízo do Deus único. Oposta ao juízo, a crueldade inscreve a dívida sobre o corpo, onde as forças se afetam para efetuar a justiça. É preciso produzir um corpo sem órgãos, feito de intensidades e limites interpenetrados, insubmisso aos poderes.

Experimento pensar a crueldade em sua afinidade com o que há de elementar na *arkhé*: pontos de aparecimento e de tornar ser o que não é. Em Anaximandro, o indeterminado (*apeiron*), embora ainda ligado ao material, abre espaço para a abstração e a ideia de que *arkhé* vai além dos sentidos. Em Parmênides, a negação da mudança – ilusão dos sentidos, porque não é admissível a passagem do não-ser ao ser. Empédocles sustenta a eternidade dos elementos (água, terra, ar, fogo). Anaxágoras afirma a *genesis* como transformação dos elementos uns nos outros: as forças contrárias promovem separação e agregação que provém da mistura (*meigma*) primordial. Heráclito: tudo é um, na incessante mudança. Temos então a *arkhé* (origem) em seu processo de mudança (*genesis*): incompletude e indeterminação, inacabamento. Pois onde está o ponto no qual algo se torna outro? Onde está este outro, senão naquilo mesmo de que provém? As pistas e as perguntas se repetem, não podemos evitar, em cada esquina do pensamento.

Tento estas aproximações para vislumbrar a cena de uma cosmogonia: cosmos em luta, convulsão, estado agônico entre os corpos e os espaços para constituir a cena de um limite ou fenda onde o teatro se desfaz e refaz. O ser é aparição: imanência recíproca, instauração de um no outro – como diz Torrano (1981) a respeito da *Teogonia* de Hesíodo.

Aqui me encontro com o coro dionisíaco e o Uno Primordial nietzscheano: movimento que vai da individuação à indistinção, do estado natural ao estado de cultura; uma relação das coisas com a aparência, cuja figura do sátiro (meio animal, meio homem) perfaz a trajetória de sonho (êxtase, paixão e dor) no reencontro com a natureza e a separação dela. Não há espectadores, porque os corpos assumem outras corporeidades, as identidades se perdem no tempo e no espaço, nas inconsciências e transformações de uns nos outros. Daí recorta-se e reflete-se todo semblante individuado: imagens apolíneas postas em diálogo. A imagem refletida é separação do estado unificante da embriaguez. Pode-se correr o risco de pensar que o sofrimento de Dionísio, a inexorável e permanente fratura de si, faz-se ouvir na voz do oráculo através da boca de Apolo e sua pitonisa. Fala de enigmas inextricáveis; a clareza da forma épica apolínea é obscurecida pelos mistérios primordiais e suas desmedidas, já agora no anfiteatro onde o trágico converteu-se em tragédia, a dança e a música (potências do agir: verbo no infinitivo impessoal) tornam-se representação (articulação de tempos e espaços que fazem, do ausente, formas de presença).

No êxtase, o que existe é ex-istente; está dentro e fora do que é. Assim, o que aparece é também in-existência – movimento de ser e deixar de ser, um devir no tempo, no espaço, nos corpos. Não há exclusão entre o ser e a aparência, mas permanente tensão e interpenetração de um pelo outro. O que aparece é forçado pelo inaparente. Apolo refulge em imagens que transmutam Dionísio em forma e luz, fazendo, da desmedida, a medida. Nesta luta, os deuses ex-istem em imanência recíproca, permanente reversibilidade. Enquanto um adverte contra os excessos, o outro é puro desvario. Do gênio dionisíaco-apolíneo, surge Arquíloco, o lírico, o que conquista e renuncia à individualidade; para individuar-se de novo e, contrariamente ao artista plástico e épico, mergulha na música de onde surgem imagens, sem dependência de causalidade. Ele diz "eu" para falar de um *genos*, uma *genesis* – generalidade cujas dores e alegrias só podem conceber-se como polifonia – delírio que fala dos antagonismos do mundo. Arquíloco é o sem-nome que advém ao nome, o ser que se dá a ver e ouvir, (re)velando-se como Singularidade – subjetivação como força do Múltiplo. O lírico reúne e tensiona Apolo e Dionísio, imagem e música. A linguagem, imanente ao aparecer, é excedida pela música, que opera no indizível e irrepresentável, circundando e preenchendo as imagens e os conceitos.

Dionísio é nômade, sempre estrangeiro. Deus brutal que leva à loucura; deus que canta, dança e festeja a vinha madura. Alegria e violência são sempre epidêmicas e ligadas a oferendas e sacrifícios. Coisas próprias de epifanias irregulares. Rompendo com o que é cíclico, Dionísio é intempestivo e disruptivo, afeito às desordens e ao delírio. Pode não ser reconhecido aonde chega: sua máscara é sempre a eclosão do Diferente, sempre errante para não se deixar apanhar por identidades. Ele é ausente e presente ao mesmo tempo; Outro e Mesmo; demônio estrangeiro (*xenikós daímon*) e de algum modo familiar; não é grego, não é bárbaro. Dionísio é de dentro e de fora, nem selvagem nem urbano. Ele se revela mascarado – modo de velar-se no próprio ato de aparecer. Mas exige hospitalidade de um próxeno que usará a sua máscara no ambiente privado, para eleger Dionísio perante um grupo que não reconhece outra lei senão a sua própria. O que chega sem avisar exige acolhida, sendo ele o Desconhecido, o Não-Reconhecido, o que deixa dúvida sobre sua divindade. Os que o tomarem por impostor cairão em loucura e infâmia, na errância pelos campos, nos infanticídios praticados por mães transformadas em bacantes nas montanhas. O delírio assassino é impureza daquele que está em êxtase – fora de si e dos outros. Mas este deus tem também ação purificadora, sendo mais necessário onde mais a loucura se enfurece. Ele é *phármacon* pela dádiva do vinho, de poder iniciatório e terapêutico, na dimensão catártica do transe. O traje-máscara usado por Dionísio é o mesmo usado por seu séquito: todos são, ao mesmo tempo, celebrantes e celebrados, numa operação de semelhança e diferença: cisão do mesmo em alteridade. O não-reconhecimento de Dionísio é negação de cidadania e legitimidade até mesmo em sua terra natal, Tebas, que conhece o máximo de sua violência. Na Ática, Dionísio é discreto e benévolo, reverenciado ao lado de Apolo, recebido pela cidade em festa, depois de ter cruzado os caminhos por onde se dissipa sua loucura. Aqui o estrangeiro, (e fronteiriço) pode aparecer como deus civilizador que ensina as práticas suaves do cultivo da vinha e da fermentação do fruto; ensina a beber de forma salutar. Em Atenas, Dionísio é mais afável e domesticado, assimilado ao calendário agrícola e urbano. As orgias ficam para os arredores da cidade, em Elêusis. Na condição de nômade, agradam-lhe os abrigos temporários, "como o antro que por ocasião dos Jogos Píticos é construído para ele no santuário de Apolo" (DETIÈNNE, 1988). Para que o homem corte a vinha, Dionísio o ensina a ficar ereto; ele é *orthós*. Sua presença se faz notar pelos pés e pernas que saltam, fazendo tanto dançar quanto vacilar e tombar: o equilíbrio e a medida são precários. Deus dos paradoxos, do acaso e do instante, numa disruptura consigo mesmo.

Lembremos a peste: ela ultrapassa o social e o psíquico; instaura a desordem, alastrando-se pela cidade. A peste estabelece novos regimes e ocupações espaciais, transmuta terror e êxtase, subverte, reverte, inverte os costumes. O teatro nasce deste corpo anômalo (substantivo grego sem adjetivo: a desigualdade, a rugosidade, a aspereza, a desterritorialização); corpo festivo, sem marcas de hierarquias e credos; ele é também anormal porque, adjetivo latino sem substantivo, não tem regra ou a contradiz, num furor que ultrapassa a forma. Nele se retoma a origem dos conflitos para manifestar o que a cultura clássica e de estado soberano recalcou. A intuição de Artaud é a da necessidade que tiveram os renascentistas de controlar os fluxos da alteridade (o estrangeiro, o americano, o outro) na cidade. Nas casas de espetáculos fechadas, o corpo é posto em cena separado da alma: ela escapou pelo ponto de fuga. Esquecido da carne, o corpo entoa a voz que persegue o espírito; ou abriga o que supõe vir dele, como força transcendente a aniquilar o corpo e o espaço pela palavra escrita e declamada.

O *logos* bipartido é de Platão, para quem a *genesis* é expressa pela *doxa*, enquanto o conhecimento verdadeiro do ser é *episteme*. Artaud quer demolir o teatro clássico, quebrar o espelho para recompor o encantamento. O corpo sem órgãos urra porque não quer ir além das coisas; quer desfazer as dicotomias autor/texto, diretor/atores, cena/público; desmontar os mecanismos da organização. Para recriar o teatro no corpo sem órgãos, é preciso, no entanto, refazer a organização em dimensões onde a disciplina do olhar se exaure pela experiência que dissolve funções e refunda funcionamentos.

O corpo sem órgãos jamais se conclui. Assim o teatro contemporâneo: a forma se faz e desfaz, o espectador/participante é incluído e mantido alheio. No combate à narrativa, pulsa a narratividade, ultrapassando a hoje clássica encenação e as dicotomias autor/encenador, ator/espectador. A criação coletiva opera no limite entre as funções, porque já não se trata de divisão fordista do trabalho; o encenador agora não é autor da cena, mas ocupa variados lugares no agenciamento da criação. A *extensio* é recortada pelo *spacium*; recria-se a cena para além e aquém do significado. A este *continuum* de atributos, gêneros e estilos, comparecem o passado e o futuro do teatro. O texto se desmembra em textura, em favor do nomadismo da palavra desapegada aos conceitos. Apaga-se/refaz-se a distinção um/outro, num limiar onde as figuras transitam para carregar singularidades (pontos de convergência e divergência da multiplicidade).

Desmanchar o organismo é derrotar o juízo de Deus sobre Bayreuth, mantendo os órgãos desejosos da potência de novas subjetivações em processo. Para permitir que o teatro se reteatralize, é necessário manter reservas de significação e interpretação para poder voltar a tensioná-las com pequenas unidades de sujeito. Os cacos do espelho da representação se rearticulam para funcionar de outro modo, em novas aventuras de encontro do trágico. O movimento conduz a jogos de reconfiguração e tensas complementaridades: Artaud e Wagner se afastam e reconjugam; o teatro é, de novo, total, incompleto e inacabado.

Mas o mapa pode também ser decalcado e traçar redundâncias; o rizoma pode cruzar-se com raízes que fincam sujeitos.

Há, portanto, que desfazer a dicotomia decalque/mapa, desmanchar limites e coordenadas, conjugar árvores e rizomas, compor florestas a partir do que foi excluído e escapar à língua e à história dominantes, ativando as subjetivações em processo. Enquanto a história se remete ao passado (faz dele árvore, hierarquia de significações, centros de subjetividade), a memória se instaura em diagrama, na duração (conexão de tempos) do presente (BERGSON, 1990), sem se submeter à imediatez do objeto. Ela vai e vem entre distâncias, descontínua e multiplamente, acentradamente – mesmo que se faça reler por conceitos totalizantes como sociedade ou civilização. A memória é feita de esquecimento e lacuna, revelação e ocultação da presença e da verdade: *Aletheia* é arcaísmo da aparição, no entrelugar do passado-quase-presente; do ainda-não e do agora. Dionísio é transitoriedade: o que devém, diferindo de si e reunindo-se. Numa escrita rizomática, a história se aproxima e se afasta; o presente se recorta contra si mesmo para mostrar seus abismos e em sua obscuridade cavar a inteligibilidade, seu ordenamento sempre inacabado.

Indagações sobre a tragicidade na cena contemporânea remetem à necessidade de compreender processos de produção de subjetividade, sob as condições do capitalismo global. A "hegemonia do trabalho imaterial" (NEGRI & HARDT, 2004) baseia-se em informação, imagens, relacionamentos e afetos – referidos estes ao corpo e à mente, como à alegria e à tristeza. A produção linguística e simbólica envolve afetos entre os que se comunicam, seja por redes sociais ou mídia jornalística e publicitária. Embora esses trabalhadores não representem maioria numérica, são as características de suas atividades que modificam, hoje, o trabalho e a sociedade. Novas formas de exploração e alienação apropriam-se de ideias, afetos e emoções e os sujeitam a um regime de precarização contratual e desmedida das jornadas, desfronteirização lazer/labuta, emprego de curto prazo, flexibilização, mobilidade. A precarização do trabalho opera lado a lado com as interações em redes de comunicação: penetra e constitui a vida social em todos os seus aspectos, estruturando cooperações e relações afetivas. Tudo isto se dissemina para outras formas de trabalho, interligando-as. O pós-fordismo tira de cena o operário como vanguarda revolucionária. A multidão que hoje movimenta as lutas sociais é de composição múltipla, de orientação desierarquizada e não guiada por partidos, mas por causas singulares. O trabalho em rede modifica os métodos de luta. A insurreição atual recusa a tomada de poder, pois se quer permanente, numa demanda de mais e mais democracia. A luta em rede não admite centralidade, disciplina fordista ou de exército; ela se pauta pela criatividade e auto-organização cooperativa, autonomia, afirmação de diferenças e busca de interesses comuns. A flexibilidade de ações e pautas permite rápidas mudanças no movimento deste corpo coletivo em rede e em êxodo, onde as classes se definem pelas lutas que travam e por suas propostas políticas.

O proletariado (um bloco de classes) constituía modelo que viabilizava a unidade das lutas. Aqui nos reencontramos com o binarismo da árvore para lembrar que a multiplicidade da multidão é rizoma a expressar as diferenças entre todos aqueles que se encontram sob o domínio do capital, buscando o comum entre as singularidades – a multidão jamais encontra uma forma que a determine, porque admitir isso seria recair na unidade bipartida da soberania – governantes e governados. Rejeitar a sujeição é pôr-se em êxodo para inventar uma nova democracia não-dicotômica, entre a soberania e anarquia, no horizonte de novas relações afetivas e sociais no interior das redes de trabalho imaterial.

A partilha de conhecimentos científicos, da informação e dos afetos fazem do trabalho imaterial um produto em si mesmo, de natureza circulante em um meio expandido. Um "devir comum" se dá em biopolítica não baseada na contradição identidade/diferença, porque a multidão é definida agora como "de singularidade e partilha" (NEGRI & HARDT, *idem*, p. 172). No teatro se conjugam as categorias em um só lugar: espectar (ver, *theatrein*) e expectar (experimentar expectativas). Brecht, Piscator, Meyerhold (homens da vanguarda de um teatro proletário) se encontram e abraçam o trágico, tensionando-se com ele.

Repenso as afirmações acima, um tanto forçada a mantê-las, à falta de horizontes mais claros. O momento é de atenção. A expectativa (e esperança) é de fortes mudanças nas relações entre os Estados e Nações a partir da movimentação de forças contrárias ao regime de Império. Entretanto, é possível que surjam, das marcas da globalização, hibridizações com novos conceitos e práticas políticas e de sociabilidade, considerando a forte crise da ideia de democracia. As instituições reguladoras da "paz" (como a ONU) dão mostras de sua incapacidade de oferecer e ver acatadas suas sugestões para refugiados e expostos a genocídios. A multidão, movendo-se ou não, está igualmente acossada. Considerem-se, no entanto, as resistências do Império ao multilateralismo, ao mesmo tempo em que o esvaziamento da economia produtiva e material estrangula sua expansão. O Estado Mínimo neoliberal resultou em abandono, muros de contenção, fronteiras guardadas por aparato bélico.

Voltemos ao coro. Na eclosão da tragédia perante a *polis*, alguém se destaca para falar em nome próprio, em conflito com a cidade e os deuses. O diálogo é *logos* partido (*diá*) – já vimos. Modernamente, a personagem se define por representar alguém que cumpre uma trajetória individual e histórica e dá consistência e suporte à ação dramática. A festa de Artaud e seus herdeiros desfaz os liames entre esses elementos, dissolvendo a sustentação da árvore, obrigando a cena a recompor-se na aliança com o rizoma – também já vimos. Sem profundidade histórica ou psíquica, a cena é de figuras: marionetes de curtíssimos fios interligados. Falar de coro é falar de uma multidão ou bando, em face do Estado: binarismo que age no interior de um território demarcado. Ele dispõe de força violenta (policiais e carcereiros); pode formar exército, integrando-o a dispositivos jurídicos. Mas os guerreiros e sua máquina de guerra não se reduzem ao aparelho de Estado, não fazem binarismo porque são malta efêmera e em desmedida contra a soberania (DELEUZE & GUATTARI, 2012). Sua consistência está nos devires minoritários, no *nomos*, o costume que, desterritorializado, traz um fora e refaz a ética. A máquina de guerra pode ser loucura e usurpação; ela é exterioridade que pode ser apropriada pela interioridade do aparelho de Estado, mas não se pode confundir a potência de guerra com a guerra nem com a instituição militar e a disciplina de exército. O guerreiro questiona a hierarquia. Mas só há Estado na relação com o fora e com o que dele pode apropriar-se, interiorizando. A cena expandida é feita de exterioridade em relação à cena clássica. Ela é máquina de guerra que solapa, mas também recompõe o palco para se fazer reconhecível como teatro. Dionísio é, aqui, o guerreiro no bando nômade da multidão, turbilhonando e ocupando os espaços sólidos e estriados da cidade, tratando-os como espaços lisos e sem medida. As figuras (sem profundidade ou essência pessoal) se movem por afecção e disjunção, em acontecimentos-problemas que se impõem aos teoremas. A cena da multidão faz, do espaço estriado da cidade, um espaço liso para os percursos do *nomos*, mapas quaisquer em contraposição ao traçado da *polis*. Toda ciência virá das metamorfoses, sem submissão aos teoremas. Eles serão turbilhonados para desfazer obstáculos. Uma "ciência arquimediana" (DELEUZE & GUATTARI 2012, p. 27) liga-se à máquina de guerra, voltada para passagens de limites, turbilhões e projeções. Trata-se de uma "ciência nômade", descentrada ou ex-centrada – um fora "das ciências régias e imperiais": Arquimedes contra Euclides. Com este último, tem-se o cubo teoremático da cena clássica, filha de geometria romana e imperial que se apropria da ciência nômade e a submete a regras métricas e limitadoras de sua ação no campo social. Mas há também o processo inverso, em que, arquimedianamente, a malta apodera-se dos teoremas, para expandir-se no espaço, afetando-o sem tomá-lo. Vários grupos de "atores" e "espectadores" em *Panidrom* correm por entre os obstáculos do *Campus* da UFRJ Praia Vermelha, ocupando-desocupando os pontos quaisquer de um percurso feito de simultaneidades. Os grupos se encontram para cenas em nó, a reunir os feixes narrativos e dispersá-los em seguida. A geometria é operatória (a equação nasce dos golpes sobre a matéria) como a das catedrais góticas; não há modelo prévio para uma boa forma, porque se trata de uma "ciência menor", uma "literatura menor" para um "povo que falta" (Deleuze, *Crítica e clínica*, 1997). A arquitetura de *Panidrom* é a dos excluídos e dos que vêm a descobrir a traição da terra prometida. Arquitetura de êxodo, que recusa a fixação em local onde a vida se esvai pela sujeira, a falta de água e a terra poluída. À margem da administração pública, hão de se construir pontes na experimentação diária do imponderável. Este corpo é coletivo e nômade, solidário e sem representação local, não reduzido a organismos e hierarquias em dualismo com o Estado. Corpo-máquina-de-guerra, feito de inesperados e catedrais e música, a assombrar a cidade com seus novos intelectuais-artistas afeitos às singularidades e ao desmonte das dicotomias matéria/forma, conteúdo/expressão. *Panidrom* desdenha o consenso em nome de um pensamento capaz das forças do heterogêneo, em relação com o fora; um povoamento de presenças em devir e em falta, um pensamento sem imagem nem cópia. A língua ali falada tangencia e tange (a)o incompreensível, estrangeira e gaga porque é fala de hesitação e "pensamento-problema"; língua local e de passagem. Assim é esta língua feita de pedaços e ciganidades.

Camera e rece şi pustie
Lacrimi bat în geam necontenit
Aş vrea să pot crede că-i un vis urât
Care va pieri o dat' cu zorile

Azi vreau să râd din nou
S-alung tot ce-a fost rău
Azi vreau să cred
Că tu ai să te-ntorci
Am să te-aştept să vii
Am să te-aştept să-mi spui
"Eşti viaţa mea
Eşti fericirea mea"

Nomadismo onde tudo é trajeto, habitação sem pouso, pontos que desfazem origem e destino, porque o estar é sempre "entre". O povo que habita Panidrom pode bem ser o de alguns migrantes que hoje batem às portas da Europa: nomadismo, mesmo que de circunstância. Alguns podem voltar para onde vieram, outros podem alcançar acolhida em um destino. Mas permanece a condição de andarilhos, sem regulações de espaço fechado (Estado, partido). Puro *nomos*, potência contra *polis*, lei não escrita de distribuição de rebanho em território sem muros. A correria em *Panidrom* pode ser imobilidade, porque o apego é justamente pelo espaço liso de percurso incessante que não quer ser uno e indivisível e por isso ganha velocidade para forçar limites, inventar mundos possíveis numa arte e numa ciência que são máquinas de guerra; uma potência de guerra que, como tal, pode não efetuar-se; mas pode também responder ao que persevera em limitar e controlar os êxodos, com suas forças de exército e polícia. Um homem é visto num trem em *Panidrom*. Mas não é movido pela máquina, nem conduzido a lugar algum. Compõe com seu próprio corpo um trem que recusa a terra prometida onde não há fertilidade; Marenka irá parir em outras plagas quaisquer.

Na cena e nas ruas, "O plural é o Mal" (Barthes, s/d). Os trânsitos singular/múltiplo, eu/nós perfazem a face demoníaca e ameaçadora da multidão; confrontá-la seria mais fácil se ela se deixasse apanhar pela identidade de um partido, uma classe, uma etnia. O bando dionisíaco e a multidão fogem ambos à lógica da quantificação. Suas diferenças operam, tragicamente, no âmbito do comum e na demanda de um corpo coletivo que não se contenta em ser corpo político e orgânico regulado pela ordem social e pelo Estado, fosse este o da *polis* grega, seja o Estado atual. A multidão é corpo sem órgãos, rebelde e em êxtase como as bacantes. Os acontecimentos aparentemente desconexos das ruas de hoje não resultam nas grandes e coerentes narrativas que a modernidade sonhou dar por universais. Nossa pós-modernidade é anti-saudosista e avessa ao derrotismo. Fugindo ao Estado, esse "monstro" entrega-se ao perigo e às possibilidades: confluência trágica que anuncia alternativas obscuras, na inclusão do "Outro" amaldiçoado e expurgado.

O desejo de democracia da multidão apresenta-se, possivelmente, em posição análoga ao da sociedade grega pré-formação da *polis*. Nosso teatro desfaz-se da unidade narrativa e abraça a errância do coro. Zé Celso assim o faz em *Os sertões*; do mesmo modo, Antônio Araújo e sua *BR-3*, circulando pelo Brasil em desfile de suas misérias nas águas do Tietê e da Baía de Guanabara: (des)territórios aquáticos que, sulcados, fazem e desmancham trajetórias. Roberto Alvim mergulha as personagens de Ésquilo na extrema obscuridade que as coloca num vai-e-vem entre a máscara individual e a indistinção arcaica de onde provêm (*Peep classic Esquilo*): são hieróglifos. Em quase imobilidade, os corpos e suas intensidades deslocam-se entre a *skene* e a *orchestra*; são estátuas e dançam no tempo. A arena política promove o encontro de Brecht, Artaud e o trágico.

NOMADISMO E DESCOLONIZAÇÃO: UMA PERSPECTIVA TRÁGICA*

Indago sobre modos de comparecimento do trágico na cena teatral contemporânea e na sociedade globalizada, numa perspectiva de descolonização. Valho-me de dois espetáculos assistidos em 2016 no Rio de Janeiro: o primeiro, *Cidade correria*, traz, dos subúrbios e favelas, a ocupação do tecido urbano por aqueles que dele foram historicamente expelidos. O segundo, *Céus*, expõe perplexidades quanto a situações de embate com a origem e o destino do Ocidente moderno e contemporâneo: impasses onde o colonizador europeu se encontra como alvo de suas próprias armadilhas. Trato novamente (incansavelmente, para mim, embora cansativamente, talvez, para o leitor) da aliança problemática entre o modelo árvore – que sustenta análises históricas (sincronia/

* Primeira versão originalmente publicada na Revista Concinnitas (UERJ), v. 1, 2017. O texto foi revisado para esta publicação.

diacronia) e de discurso (sintagma/paradigma) – com o rizoma. A operação, rebelde frente à dicotomia verdadeiro/falso, abraça o descentramento e o inacabamento, onde eclodem singularidades. Faço uso de aportes teóricos díspares, buscando confrontar pontos de vista para evidenciar trajetórias possíveis de articulações entre as heranças e as novas indicações de caminhos. Revisito Mário e Oswald de Andrade, encontrando neles apoio para o sempre bem-vindo repensar do projeto antropofágico.

Está em jogo o legado europeu, cartesiano e iluminista, de um pensamento instrumentalizador da dominação colonial: era necessário cobrir o Novo Mundo com uma racionalidade branca, masculina, heterossexual, cuja pretensa universalidade conduzisse a conhecimentos hierarquizados e centralizados em relação a povos "sem escrita, história ou democracia", que supostamente pudessem ser "beneficiados" e conduzidos a "estágios superiores de civilização" (GROSFOGUEL, 2009). Desmontar o edifício cultural da dominação e dos preconceitos exige conectar signos heterogêneos para buscar enunciações coletivas (DELEUZE & GUATTARI, 1995). O descentramento faz-se na fuga às hierarquias, na desterritorialização e reterritorialização, intercambiando o dentro e o fora, o "nós" e o "eles", rompendo limites continuidade-ruptura; desfazer dicotomias leva a novas tessituras saber/poder. No teatro, as narrativas, cujas balizas desfazem atualmente a lógica e a estrutura arbóricas, refazem-se a partir de forças instáveis de composição, onde figuras transitam para traçar uma cartografia do tempo presente, em alianças e rupturas de um corpo sem órgãos (Artaud).

A divisão internacional do trabalho seccionou o mundo em europeus e não-europeus, segundo uma hierarquia étnico-racial que sustentasse a dominação do Sul pelo Norte. É bom lembrar que não se trata de divisão geográfica, mas de geopolítica que considera como Sul tudo que não tem endereço ou origem entre os dominadores. Temos, então, o Hemisfério Sul e tudo o mais que esteja ou tenha estado sob a situação de colônia e as heranças da colonialidade, desde o século XVI aos nossos dias.

Descolonizar impõe a urgência de produção de epistemologia que dê consistência a novas geopolíticas do conhecimento e das subjetivações. Isto inclui, junto às necessárias mudanças, transformações de relações de poder que ponham em causa hierarquias de gênero e sexo; religiosas; epistêmicas, com reconhecimento de saberes não-europeus nos ambientes acadêmicos e não-acadêmicos. Raça e racismo atravessam e interseccionam tais variáveis, não apenas complementando o estudo da dominação econômica, mas integrando-se a ele e compondo-o; tornam-se, portanto, variantes. O movimento é de horizontalização e combate às dicotomias. O par estrutura/superestrutura converte-se em redes complexas e constitutivas de um conjunto heterogêneo, a exigir a superação da divisão cultura/economia. Tais redes intrincadas de poder demonstram que descolonizar não é declarar independência e recair nas armadilhas do Estado-Nação, com suas miragens positivistas de "ordem e progresso"; não é substituir a administração colonial por estruturas semelhantes de exercício de poder por vias jurídico-políticas, pois, nestes casos, permanece a submissão a modelos eurocêntricos. O mito da independência esconde a permanência do passado colonial nas formas atuais de colonialidade (GROSFOGUEL, 2009).

A descolonização encontra também, nas ligações globalizadas e localizadas dos movimentos sociais, um elemento de articulação entre as singularidades: força da multidão em êxodo permanente, pois, não se deixando capturar por programas de tomada de poder, cabe-lhe encontrar o comum na multiplicidade, tanto em termos de ação política quanto no que toca às produções subjetiva e cultural (NEGRI & HARDT, 2004). Isto não exclui a desejável possibilidade de alianças e encontros dos projetos de minorias com políticas partidárias que as acolham e desenvolvam, com elas, interseção com a luta de classes.

A suposta "superioridade" do saber europeu omite e exclui saberes colocados em posição de "subalternos", apanhados na interseção tradicional/moderno. Ultrapassar a mestiçagem e a hibridização é programa de "cumplicidade subversiva", na resistência ao conhecimento dominante e na produção de "epistemologias de fronteira" – aí se refazem as utopias, na conquista de novos lugares institucionais e não-institucionais (GROSFOGUEL, 2009).

No terreno da sensibilidade estética, as fronteiras são transpostas por linhas de fuga às heranças da *mimesis* clássica (estabilidade, harmonia, homogeneidade, proporcionalidade), o que promove, nos confins, uma composição de forças com a exterioridade, a desierarquização, a heterogeneidade. Nos retornos, aparecem dobras: uma visão instável e desarmônica; recortes de espaço que descontinuam o tempo (DELEUZE, 1988). No início do século XX, os focos de luz sobre a cena wagneriana entregam ao olhar uma visão feita de incompletude, conforme apontaram as pesquisas cênicas de Appia (s.d). Com ele, o espaço euclidiano é sulcado de modo a revelar durações – espessuras de tempos exibidos em trajetórias de um corpo que já não se destina às tarefas da imitação. Ele faz tensão com o espaço, pressionando os limites da imagem do cubo e multiplicando – ou desfazendo – os seus planos. Appia está em sintonia com os cubistas, numa lógica de "compressão espaço-tempo" (HARVEY, 1996). As durações são aspectos da relação entre afetos e perceptos, que trabalham para produzir o corpo, com sua memória (BERGSON, 1990). Appia faz distinção entre a estrutura física do palco e as intensidades da cena. Mais tarde (basicamente na segunda metade do século XX), em terrenos mais amplos e fora do edifício teatral, os corpos trafegam em trajetórias fragmentadas, na cidade subjugada pela produção capitalista. As conexões e desbloqueios do corpo sem órgãos (Artaud) revelam aberturas e reversibilidades, num discurso que se rasga e desmonta em ações políticas e processos de subjetivação e insubmissão aos poderes (DELEUZE, 1997).

Aqui aparece Dionísio, nômade intempestivo, afeito às desordens e ao delírio. Sua máscara é a eclosão do Diferente; o errante não é apanhado por identidades. Ele é Outro e Mesmo; estrangeiro, porém familiar; não-grego, não-bárbaro; é de dentro e de fora, nem selvagem nem urbano. Em seu séquito, todos são celebrantes e celebrados, operando semelhança e diferença. O fronteiriço é deus civilizador (DETIÈNNE, 1988). Para o corte da vinha, Dionísio ensina a ficar ereto; ele é *orthós*. Pés e pernas saltam, fazendo tanto dançar quanto vacilar e tombar: o equilíbrio é precário; dor e ferimento espreitam. Estes corpos, tendo sido empurrados para as periferias, retomam o que lhe é/ foi roubado. Munidos de suas memórias, estão sempre prontos para os embates.

O teatro nasce deste corpo anômalo (desigual, rugoso, desterritorializado) e festivo; corpo também anormal, porque não tem regra ou a contradiz; o furor ultrapassa a forma. Nele se retomam conflitos para manifestar o que a cultura clássica e de estado soberano recalcou (SZANIECK, 2007). O processo pode dar-se no palco à italiana, cuja ocupação se faz contrariando suas regras clássicas; ou a cena se oferece às ruas, recortando-as, sobrepondo-se a suas geografias, impondo-se aos obstáculos e ultrapassando-os. A cidade é a cena e o drama, em percursos de ocupação sem tomada de poder.

Desfazer a dicotomia centro/periferia é desmanchar as coordenadas da história, árvore de significações hierarquizadas e centralidades de sujeitos. Para escapar à língua dominante e ativar subjetivações, a memória instaura-se como conexão de tempos onde o passado faz-se presente e abrem-se ambos para o futuro (BERGSON, 1990): duração que vai e vem entre distâncias – tempos e espaços vividos e gravados no corpo. O mais recuado pode ser o mais próximo, as relações se dão descontinuamente, acentradamente, mesmo que a memória seja relida por totalizações como sociedade ou civilização. A memória, feita também de esquecimento, abriga *alétheia* (revelação e ocultação da verdade): arcaísmo da aparição, entrelugar do passado-quase-presente; do ainda-não e do agora, do não-mais. Numa escrita rizomática, a história se aproxima e afasta; o presente escava inteligibilidades. As frestas abrem espaço à produção de diferenças e ao desfazimento de modelagens. Os corpos e os espaços borram as marcas de dominação e revelam-se outros. Assim é que coordenadas de classificação e hierarquias são desmontadas.

Vimos, em textos anteriores, que multidão é coro dissonante. O Estado age em território demarcado e dispõe de força violenta (polícia, cárceres); pode formar exército, integrando-o a dispositivos jurídicos. Mas os guerreiros nômades e sua máquina de guerra não se reduzem àqueles aparelhos; não fazem binarismo: a malta é efêmera e desmedida contra a soberania (DELEUZE & GUATTARI, 2012). O coro é devir minoritário e não-hegemônico, *nomos* – o costume que, desterritorializado, traz um fora e refaz a ética.

A multidão solapa, mas também recompõe o palco, tornando a cena teatral novamente reconhecível e fazendo, do espaço estriado pelas marcas de poder sobre a cidade (monumentos, edificações, mãos de trânsito), um espaço liso para os percursos do *nomos*, contrapostos ao traçado da *polis*. Dá-se passagem a contrapoderes em turbilhões: uma "cidade nômade", vinda do fora (becos e favelas), é descentrada ou ex-centrada.

Cidade correria, criação coletiva do Grupo Bonobando (Rio de Janeiro, 2017), dirigido por Adriana Schneider e Lucas Oradovski, diz, humoristicamente, que vai "representar a periferia na Europa". A terra, nascida de "um estupro", fala em primeira pessoa, mas desdenha o nome próprio, que pretende identificar as coisas e garantir delimitações de saberes; a cidade pode ser o Rio de Janeiro ou qualquer outra, com qualquer outro nome. O abalo de identidades ativa processos de subjetivação, nos quais o próprio é propriedade constantemente alienada de si. Nesta ordem de (des)apropriação, o que se impõe é o trânsito através de ganhos e perdas de cada um, num "nós" feito de deslocamentos e trocas de posição. O nome é (im)propriedade e multiplicidade, num processo de subjetivação que se expressa em lirismo coral e declara estar "entre o fogo cruzado e o campo minado". Todo "eu", aqui, é alegoria ou metonímia, porque remete a um fora de si que o compõe e amplia, em dobras que implicam o desfazer de contornos individuais. O "eu" contém o "nós" em singularidades que fazem ver a multiplicidade. Lembremos: uma alegoria provém e remete sempre a outra; a parte, de metonímia a metonímia, ambiciona uma totalização que jamais se dá.

No espetáculo, fitas de proibição, listradas de preto e amarelo, são demarcações de poder atravessadas de modo a tentar a empreitada de refazer a arquitetura da cidade sobre os escombros dos barracos e palafitas dos ancestrais. Corpos são abatidos nos territórios interditados. Em outro momento, como numa cirurgia plástica, uma bailarina é maquilada e vestida de maneira a aludir a *O bebê de tarlatana rosa*, conto de João do Rio, passado durante um carnaval em que um dândi faz jogos de sedução e esconde-esconde com uma mulher fantasiada de bebê. No auge do desejo, a moça revela, sob o nariz artificial, um nariz que falta, numa caveira rodeada de carne bela e apetecível. Chocado, o dândi desaparece no burburinho, pois a imagem de terror quebra o encanto, fazendo aparecer a alteridade sob a forma da monstruosidade: o "bebê" não atende a expectativas de beleza canônica; a falha, uma vez revelada, ostenta a morte insultuosa, num tributo ao barroco.

O conto metaforiza a "cidade maravilhosa" de um século atrás como de agora. A diferença está na ânsia atual de exibir as chagas para melhor amá-la. O *funk* e o "passinho" perfazem a trilha sonora e a coreografia com que os corpos avançam sobre os templos da cultura carioca, da Arena Dicró (subúrbio da Penha) ao Teatro Sérgio Porto (Zona Sul); porém, todo lugar é "desmapeado do mundo", como no conto de Mia Couto (*A última chuva do prisioneiro*). Este é um "povo por vir" (DELEUZE, 1997); nunca existiu, porque não pertence aos contornos de civilização branca, dotada de ciência teórica, racista, demarcadora de hierarquias de gênero e sexo. Nem existirá, porque o devir é de inacabamento, onde fatos e feitos atravessam as potências do viver. Trata-se aqui de um povo menor, eternamente (auto)demandante (não é à toa que falo tanto nele!) Este povo sabe que seu trabalho é de desmarcar linhas de fronteira para não ser apanhado em novos projetos de colonização. E não querer apossar-se, ele próprio, de espaços de dominação.

O carnaval, cheio de "luxúrias atrozes" (João do Rio), é também a celebração libertária da incompletude e da falta (perene inacabamento), onde o "deboche ritual" transmuta-se em festejo dos possíveis, no imprevisto da multidão. Assim é *Cidade correria*. Vagueiam o singular e o anônimo, os estranhos exibem-se precisamente em sua estranheza. No vazio entre a máscara e o rosto ou outra máscara, ressalta o sem-rosto – uma virtualidade que se furta ao normal e à norma. A cidade maquilada (mas descomprometida com imperativos e estéticas de identidade), construída sobre sangue, transmuta em maravilha o grito de horror ao estupro diário das balas; demole muros construídos contra o "outro" da civilização (pobre; morador de uma "favela dentro da favela"). Ser negro ou branco comporta questões geográficas, pois a cidade-correria se localiza na periferia da periferia: "sou branca, mas sou de Sampaio"; a adversativa faz equivalerem os atributos; importa ser de Sampaio e não branquitude ou negritude. Ou melhor: um negro é mais negro por viver em Sampaio? Inversamente, um branco é menos branco pelo mesmo motivo? Por outro lado, nomadicamente, a marca de origem se desfaz porque transitar pela cidade, em favelas ou asfaltos, é entregar-se a intempéries e acasos, que, eles sim, traçam os caminhos sem fim ou finalidades que não sejam os da caminhada.

A ironia e, às vezes, o franco deboche das falas demonstram que as dicotomias produzem falsos dilemas, pois os múltiplos e integrados problemas incluem aspectos simbólicos e de subjetividade ao emaranhado que chamamos vida material. As missões civilizatórias e democratizadoras, com sua retórica salvacionista contra a "barbárie", sempre se ancoraram em força policial-militar. A cidade-correria luta em vários níveis contra as fortalezas eurocêntricas, pois elas habitam os espaços urbanos. Por outro lado, saberes e cosmologias dobram-se e redobram-se, apropriam-se criticamente das retóricas e forças de dominação, fazendo-as voltarem-se contra si mesmas (DELEUZE, 1988). As novas epistemologias redefinem discursos emancipatórios que se reúnem em "resposta transmoderna" às políticas identitárias inscritas na colonialidade (GROSFOGUEL, 2009). Posta a correr e fazer correr, a cidade radicaliza o mote reivindicatório de igualdade social feita de atravessamentos de disparidades, incluindo amplos setores e grupos de oprimidos, sejam eles de raça, classe, sexo ou gênero.

Entre o visível e o invisível, instalam-se e pulsam tensões, movimentos, sonoridades. Transitar pela cidade perfaz novos jogos de aparecimento e desaparecimento: amálgamas de realidades em cujos interstícios brilham as ficções. O carnaval – *via sacra* de esplendor e horror – é permanente: está dentro dos calendários, se posto nos dias oficiais de folia; está fora ao emergir no cotidiano onde se tenta burlar a feiura, tal como no conto de João do Rio. Em sentido contrário, na *Cidade correria*, monstruoso é negar-se a ver ou fazer-se invisível; deixar de acolher o que foge à norma hegemônica. Os excessos de demonstração (nos quais se mostra o monstro) catalisam medos e fascínios pelo singular; abrem alas ao prodigioso. Um orixá de saias de arco-íris dança ao final para festejar a "ecologia de saberes e a inesgotável diversidade da experiência do mundo" (SANTOS, 2009, p. 45).

Na divisão do que está entre os visíveis e os invisíveis, fundam-se e aprofundam-se abismos onde os primeiros são fundamentados e contornados pelos segundos. É que o "Mesmo" delimita-se na demarcação do "Outro". Isto, para Santos (*idem*), separa o mundo em dois campos, postos "deste lado da linha" e "do outro lado da linha". O que habita o outro lado (não-europeu, não-branco, incivilizado) pode ser dado como inexistente ou incompreensível, num processo de exclusão radical e contínuo, de co-presenças impossibilitadas. Nesta "ciência abissal", enraizada, não por coincidência, nas epistemologias e racionalidades pós-Descobrimentos, verdadeiro e falso naturalizam-se, promovendo o esquecimento de que objetos, circunstâncias e métodos são produções sociais.

Linguagens e conhecimentos populares ou indígenas e negros, por pertencerem ao "outro lado", perdem visibilidade e se tornam crenças, intuições ou opiniões, creditáveis apenas enquanto objetos e temas para as postulações "científicas" que pretendem traduzi-los em termos da razão ocidental. A linha separa o que se pretende inteligível do ininteligível, estabelecendo critérios universais de fixação do legal e do ilegal, nos limites entre o Velho e o Novo Mundo: um direito internacional balizado pelos Estados nacionais. Proliferam linhas que entrecruzam as relações e dividem espaços de poder e submissão, aqui mesmo onde as julgamos menos abstratas porque inscritas no dia a dia naturalizado: negros e brancos, ricos e pobres, homens e mulheres, heterossexuais e homossexuais. Descolonizar é enfrentar os abismos e territorializações demarcados por essas linhas, conforme explicita, em *Cidade correria*, a cena das fitas de proibição.

A "regulação/emancipação", que norteou os rumos do domínio e das lutas correlatas de independência, é dinâmica substituída, hoje, pela lógica da "apropriação/violência" (SANTOS, *idem*). Esforços de descentramento são necessários em nome de novas formulações epistemológicas com origem no Sul Global. Os contramovimentos da expressão de Santos correspondem, em nosso entendimento, às contra-hegemonias descritas por HARDT & NEGRI (2004). Em Santos, evidenciam-se especificidades ligadas aos processos coloniais, onde se define o "cosmopolitismo subalterno" e um movimento de "regresso" do colonial e do colonizador. Neste "regresso", aparecem três figuras e suas respostas: 1) a do "terrorista"; 2) a do "imigrante indocumentado"; 3) a do "refugiado" – todos provenientes do abismo da exclusão e da "inexistência jurídica". A apropriação/violência atua por legislações antiterror e práticas de fechamento de portas de entrada nos territórios demarcados pela velha linha; ou admite imigrantes sem documentos, desde que subempregados em corporações multinacionais ou escravizações clandestinas – modo de mantê-los sempre estrangeiros. As metrópoles asilam e exilam, tanto no interior de seus territórios quanto fora deles.

Em *Céus*, texto do palestino Wajdi Mouawad encenado por Aderbal Freire-Filho (Teatro Poeira, Rio de Janeiro, 2017), consta do programa: "A hipotenusa é essa diagonal fabulosa que une, em seu ponto mais distante, dois segmentos entretanto ligados à sua base em ângulo reto. Dois seres que tudo separa só podem ser unidos por um gesto diagonal que é o gesto hipotenusa". Aqui se traça uma linha de união/separação de disparidades e divergências.

Numa célula onde trabalha um grupo de técnicos empenhados em evitar um ataque terrorista, há que decifrar um código de informações onde se estabelecem locais e hora de um grande e múltiplo atentado. Um dos membros da célula, o único capaz de realizar a tarefa, acaba de se suicidar. Ele designa um jovem, também membro da equipe, para continuar a decifração. Este objetivo necessita que o jovem quebre a senha do computador do amigo. Ao longo da trama, revela-se o motivo do suicídio: o filho do morto era parte do grupo terrorista. O "gesto hipotenusa" separa e une pais e filhos: outro membro da equipe comunica-se via Internet com o filho adolescente e o orienta sobre um trabalho escolar; é preciso que o menino vá ao museu e escolha um quadro para analisar. Uma pista antes descartada conduz a investigação a resultados surpreendentes. Um quadro de Tintoretto (*Anunciação*), com seus espaços, linhas e figuras, é interpretado de modo a alcançar a identificação das coordenadas geográficas que levam a museus dos oito mais ricos países do mundo.

O tempo não é suficiente para evitar o atentado; o menino é morto, assim como outros visitantes dos demais museus. Uma diagonal aniquila passado e futuro, deixando, no espaço das presenças e do tempo presente, o sangue e o desespero. Não resta nada mais a des-

truir, a não ser a beleza, nesta trágica jornada onde forças primordiais de aniquilamento impõem-se como condição para qualquer recomeço.

Os jovens terroristas (os investigadores relutam em admitir poderem não ser árabes) usam das mesmas armas de horror que os oprime. A linha se dobra e volta-se contra si mesma, numa trajetória que se dirige para descolonizar o próprio colonizador, um outro de si mesmo – Narciso horrorizado com a própria imagem; poderia ser também o rosto terrificante de Górgona, degolada por Perseu: ele exibe ao monstro a sua face, refletida no escudo do guerreiro.

Em *Céus*, a mesma referência a estupro, já mencionada em *Cidade correria*. No quadro de Tintoretto, projetado no fundo da cena e descrito pelo jovem decifrador, Maria não recebe uma dádiva, mas uma ameaça advinda de Gabriel. Ela tem o semblante contraído de pavor. O que poderia ser apenas pudor de virgem assume sentido político inusitado, porém profético em sua força de metáfora da inauguração e do futuro da civilização. O lado direito do quadro, onde se encontra a Virgem, traz, em sua parte superior, um dossel de veludo que recobre e entroniza uma cama. No lado esquerdo, o cenário é de ruínas; o espaço indica uma temporalidade na qual se encerra um tempo e dá-se início a outro, após o Advento. Ainda acima e agora à esquerda, um grande grupo de anjinhos (distribuídos em disposição fálica) parece empurrar uma pomba (o Espírito Santo) na direção do dossel. Logo abaixo e tomando centralidade, o Anjo Gabriel indica a mesma direção. O intérprete do quadro e da mensagem terrorista ressalta: anjos costumam ser solitários; mas o imenso grupo de pequenos anjos assemelha-se às legiões demoníacas. O dossel entreabre-se como uma vagina.

Os deslocamentos das linhas abissais exigem novas demarcações, materializadas, agora, por muros de segregação como na Palestina ou postos entre México e Estados Unidos, por exemplo. Resguardam-se Constituições – mesmo com emendas e remendos – porque não é mais necessário recorrer a Estados de Sítio ou de Emergência. As democracias são restringidas, porém a pretexto de serem protegidas e novamente expandidas, violando-se os velhos sonhos de legitimações dos tempos da regulação/emancipação: o Estado policial se encarrega de invadir privacidades em suas práticas de espionagem. Em linhas literais e metafóricas, vedam-se territórios, erigem-se campos de morte; as cidades são internamente divididas em "civilizadas" e "selvagens", obedecendo a lógicas brutais de destruição.

Em *Céus*, Deus é origem e fruto de um estupro, como o deus-ladrão que nos furta de nós, conforme Artaud: um outro que nos penetra e priva-nos de corpo e de nós mesmos (*Para acabar com o julgamento*). Um Deus que, ao furtar-nos e furtar-se (DERRIDA, 1995), faz-nos irremediável e eternamente devedores (DELEUZE, 1997). A juventude deserdada tanto pode ser árabe quanto ocidental; vem-se a saber, no desenvolvimento das revelações, que o jovem filho do investigador morto "suicida o pai" branco, ao revelar suas intenções terroristas. O que em *Cidade correria* é tragicidade/comicidade feita da alegria de combater, em *Céus* é aniquilante fechamento da única abertura para uma mudança, seja política ou cosmogônica: nela se encontram a arte, a linguagem, o imaginário que cria mundos. Algo fica fortemente indicado: a imperiosa necessidade de descolonização do mesmo no âmbito de si, para livrar-se de si e tentar refundar-se, na certeza de que "o monstro sou eu". Diz Aderbal, no programa da peça: "A utopia da arte é capaz de nos livrar ao menos da repetição de velhos atentados. Ou seria, em uma sociedade de poetas ([...] os que fazem e os que lêem versos). Uma sociedade que percebesse a inutilidade do inútil".

As velhas formas do poder colonial se reformulam no interior das cidades e nas práticas de violação que instauram poderes ao mesmo tempo fora do Estado e articulados a ele. A privatização de serviços públicos submete os mais fracos a ignóbeis contratos de saúde, água, ambiente. Nas ruas e vielas da *Cidade correria,* corre-se da polícia de Estado e das milícias parapoliciais e privadas, dificilmente distinguindo-se as práticas de uma e de outra. É que economia e política se encontram tanto à margem do Estado quanto em seus domínios; podem ser seus prolongamentos perversos. Nas zonas "civilizadas" do Sul global, "castelos neofeudais" (SANTOS, *idem*) de condomínios fechados com aparatos de segurança (diga-se, às vezes semelhantes aos de campos de concentração) defendem-se das "ameaças". Os jovens, nos guetos do Sul ou nas periferias do Norte, são privados de acesso à cidadania, tanto em *Cidade correria* quanto em *Céus*. Qualquer tentativa de descolonização depende não apenas de educação (no sentido do acesso à instrução e à escolaridade), mas da formulação de novas epistemologias que façam equivaler a justiça social à "justiça cognitiva" e simbólica.

Santos (*idem*) pergunta e responde sobre quem precisa do cosmopolitismo: todas as vítimas de intolerância e discriminação, os expurgados da condição de humanidade. Todos que façam suas as falas e os gestos contra-hegemônicos; todos os que tomarem para si o que lhe foi roubado. Todos que se disponham em redes, iniciativas coletivas e movimentos de redistribuição cultural e simbólica. Todos que possam reconhecer a incompletude e o inacabamento e não se iludam com ambições de totalização. A diversidade epistemológica conduz à "ecologia dos saberes", sempre em demanda. Aqui, novamente ressoam as palavras de Deleuze (2012) sobre o povo, a arte, a ciência menores – libertos de toda robustez fascista (DELEUZE, 1997).

Tive já oportunidade de destacar o assombro vivido pelo colonizador à época do Descobrimento (CAFEZEIRO & GADELHA, 1996; GADELHA, 2013). Os monstros, mantidos até então fora das fronteiras supostamente iluminadas pelo sol (brancas, europeias e civilizadas), têm agora seu endereço nas Américas.

Pois serão humanos aqueles que andam nus, comem carne humana e não têm notícia do Dilúvio? A Catequese projetou a produção de corpos (social e próprio) modelados pelos gestos e atitudes do branco. Ao mesmo tempo, as dúvidas quanto à humanidade do índio – recorrentes, de Nóbrega a Vieira e, infelizmente, bem mais adiante – são sintomas da necessidade de marcar as fronteiras entre o humano e o não-humano, o "Outro". O monstro tem a dupla função de abalar certezas, aterrorizando-nos quanto ao que poderíamos ser ou nos tornar; ao mesmo tempo, traçam o perímetro do Mesmo, afirmando o que ele julga ser. Na Europa, a partir das Navegações, narrativas chegam de todas as partes, trazidas pelos viajantes e mapeadas pelos cartógrafos. Taunay (1998) compila imagens fabulosas a respeito de monstros "encontrados" no Brasil e levados na imaginação dos que retornavam à Europa. Se tais figuras e narrativas não podem ser consideradas senão fantasiosas, podem bem dar conta da perturbação causada pelo encontro (encontrão) com este "outro lado da linha".

Nós, do teatro, podemos traçar ilações entre essa perplexidade inaugural e a necessidade que tiveram os europeus, a partir do Renascimento, de construir fechadas as suas casas de espetáculos. Se o teatro é relacionado à peste (ARTAUD, 1984), nada mais lógico que pretender domesticá-lo, contendo-o em espaços onde a imagem do monstro (Calibã, de *A tempestade* de Shakespeare, por exemplo), possa reduzir-se a um contorno que caiba em olhos tão dilatados pelo espanto. O olhar em perspectiva, seja ela em ponto de fuga (palco à italiana) ou aberto e metateatral como na cena elisabetana, faz o espelhamento do sujeito com a imagem do que lhe é estranho. Isto permite traçar as identificações e diferenciações (GADELHA, *idem*). Anchieta, Nóbrega e Vieira (*apud* CAFEZEIRO & GADELHA, *idem*) interrogam sobre a humanidade ou bestialidade do índio, entre uma angústia e um fascínio que não excluem o medo, mas atestam a Razão do Mesmo e a não-razão do Outro. Espaço e tempo são perscrutados a partir da imagem do índio – ele pertence a um passado do homem? Um passado não narrado na Bíblia poderia ter existido? Excluído da História Sagrada e da Salvação, possuiria ele uma alma?

Anchieta arma um palco como quem entrega um espelho. A expectativa é propiciar ao indígena movimentos de vaivém entre a imagem projetada na cena e o reconhecimento de quem a vê como sua. Mas como conceber que os anjos e os demônios pudessem ser assimilados? Como imaginar aceitável que os deuses indígenas fossem associados ao Diabo católico? A Catequese não teria melhor resultado na plateia branca? Afinal, eram degredados, hereges, assassinos... com medo de pilharem-se monstros e a carecer de (re)evangelização. Fora do teatro, o medo, aguçado ao insuportável, promove matança com proporções monstruosas de genocídio.

Mário e Oswald de Andrade tentavam compreender a modernidade brasileira, assentada sobre o binômio "primitivismo"/ dependência da Europa. Era preciso reconhecer que a própria Europa se encontrava algo desiludida com a destruição (I Grande Guerra) desencadeada por sonhos modernos. Futurismo, dadaísmo, surrealismo, expressionismo são motes para um misto de iconoclastia e deslumbre, por parte dos Andrades. Mas o passado atua no presente e exige exame, quase sempre demolidor, das heranças (devoração). Afinal, não se tratava de programa de atualização com a Europa, eternizando a assimilação acrítica das branquitudes e suas medidas de excelência.

A antropofagia ligava-se, claro, às águas canibais onde navegava a vanguarda europeia. Oswald devora os mitos de origem, valorizando uma "primitividade" recém-descoberta pela arqueologia e a etnologia. Tentava-se racionalizar o que se tinha por irracional e selvagem, num dilaceramento da subjetividade moderna em contato com o seu "passado". As encruzilhadas antropofágicas ensinam a apreender, sem ufanismos ou subserviências, os choques entre dominadores e dominados. A antropofagia alcança o *Macunaíma* de Mário: corpo negro, índio e branco, a frequentar tempos e espaços de um presente feito de recusas e encantamentos. Nele ressoam os malandros de Martins Pena e Manuel Antônio de Almeida – arlequins servidores e traidores de muitos amos. Vanguardistas europeus e modernistas brasileiros lidavam diferentemente com seus "primitivismos": entre nós, participavam do dia a dia os fetichismos negros e os ex-votos, enquanto no Velho Mundo eles não encontrariam lugar, conforme Antônio Cândido (1993) ressalta.

Em nós, os corpos pulsavam e pressionavam a problematizar a identidade. Mário e Oswald caminham na contramão dos românticos, porque, com estes, o "primitivo" era indicador de uma suposta autenticidade nacional moldada por brancos. Estava em causa, para os modernistas, o reconhecimento e a legitimação da "lógica selvagem" para sua combinação com os desafios tecnoindustriais. Era preciso dizer não à racionalidade escamoteadora de propósitos de domínio, como Oswald aponta no *Manifesto antropófago*: "Nunca fomos catequisados. Fizemos foi Carnaval. O índio vestido de Senador do Império [...]. Ou figurando nas óperas de Alencar cheio de bons sentimentos portugueses" (*in* TELES, 1986).

No *Macunaíma* de Mário, o corpo "finge adotar as máscaras de seu outro, mas para expor as disparidades e ironizá-las: astúcias de mestiço e malandro" (GADELHA, 2013, p. 248). É que a construção do futuro depende do curto-circuito do passado com o presente. Pertencer ao mundo moderno tem por condição compreender e positivar o "primitivo" no que nele tem de singular e próprio: as misturas com o branco produzem sínteses precárias (valeria dizer, deleuzianamente, "disjuntivas"), inacabamento, o sempre por-fazer(-se). Aí se alojam perspectivas de autonomia e criação de si.

Em ambos os Andrades, o chamado aos mitos de origem dá-se para desconstruí-los e desmoralizá-los. Isto não é o mesmo que recusá-los, mas, antes, trata-se de amá-los com olhos capazes de reformulações críticas. Aqui se vislumbram, nos desafios atuais de descolonização, revisitas a Mario e Oswald, compreendendo e reprocessando com eles, nos termos destes tempos pós-modernos, as práticas da devoração.

Seria o caso de perguntarmos sobre o comparecimento, entre nós, de uma estética considerada pré-modernista, diante do conto *O bebê de tarlatana rosa*, reescrito e encenado em *Cidade correria*. O decadentista João do Rio, na Belle Époque carioca, exalta o putrefato e o carnavaliza. O teatro se apropria, hoje, de uma literatura deixada durante muito tempo em segundo plano pelos apreciadores do modernismo – associado diretamente aos participantes da Semana de 22, o que resultou em apagamento de outras manifestações claramente modernas. A apropriação, pelo Coletivo Bonobando, dá-se por dolorosa comicidade: o "bebê" mantém, hoje, seu forte poder de metáfora e alegoria de uma cidade que mal oculta o monstro atrás de uma face maravilhosa. Aqui, o passado ecoa e reluz no presente, com seu brilho funesto, mas sem apelo a redundâncias; são justamente as elipses que exigem a identificação das analogias. É assim com *Céus* e seu remetimento a um passado da arte reinterpretado como testemunho da opressão de todo o Ocidente e mundo ocidentalizado.

Apostando na hipótese de que o pré-modernismo se comunica mais com nossa pós-modernidade do que com o modernismo, Silviano Santiago (1989) chama atenção para Euclides da Cunha. De entusiasmado republicano e adepto do positivismo, passa, na descrição do massacre de Canudos (terceira parte de *Os sertões*), a expor o trágico aniquilamento que impede qualquer defesa, seja da República, seja da Monarquia. Este é o solo para o espetáculo de José Celso; sem ceticismo ou desencanto, a vertigem dionisíaca ultrapassa os fatos históricos e estende-se a processo de subjetivação baseado em desconstrução da identidade brasileira: jamais fomos cordiais. A cena carnavalizada de José Celso redobra-se em desdém pelos saberes autoritários e excludentes e seus descomunais poderes de destruição. A cena teatral, como a epopeia euclideana, é a dos vencidos.

No espetáculo *Regurgitofagia* (2004), Michel Melamed conclamava a um movimento de devolução do que foi devorado.

Não se trata, neste caso, de simples provocação. É que devorar e regurgitar são movimentos voltados antes para a experiência potencializadora da aventura dos saberes do que para teoremas apriorísticos e pautados por linhas demarcatórias. Trata-se de viver e revolver problemas, desconfiando dos teoremas apriorísticos. A lida se dá a partir das demandas e devires. Aqui ressalta-se a dificuldade atual em lidar com a ideia de vanguarda: já não temos uma classe operária que, dada como modelo do homem universal da sociedade que virá, esteja à frente da revolução; do mesmo modo, já não temos uma arte que veja o passado com olhos de aniquilá-lo.

Lidamos com múltiplas coexistências e justaposições de tempos que convergem para o presente (JAMESON, 1996); passado e futuro se encontram no instante, em exigência de inteligibilidade que não exclui o êxtase. Assim se fazem, no dizer de Santiago (*idem*) os jogos de paródia e pastiche. A primeira ironiza o passado, configurando uma estética interessada em rupturas com a tradição, embora se alimente dela, ainda que no encantamento com as ruínas. A segunda vê no passado a possibilidade de estabelecer diálogos e confrontos entre as diferentes contribuições que o constituem. Mário e Oswald de Andrade apontam trajetórias de descolonização porque não caem em facilidades identitárias: valem mais as tensões civilizacionais do que as soluções e as sínteses. As origens menos explicam do que propõem enigmas. Oswald não ambiciona que a devoração do branco resulte em tomadas de poder. Silviano Santiago (*idem*) ressalta que, sendo o patriarcado o lugar histórico da dominação, será necessário associar as máquinas ao matriarcado para promover o ócio: "Seria o que se pode chamar de eterno retorno em diferença. Não seria o eterno retorno do mesmo, já que Oswald não quer, como Policarpo Quaresma, que o Brasil volte a ser um país indígena" (SANTIAGO, *idem*, p.108-109). Isto porque, Oswald sabe, nossos indígenas foram irredutíveis aos modos europeus. Comer os brancos era devorar sua força. Fazer da catequese um carnaval é regurgitar essa mesma força, livrando-se dela, impedindo-a de tornar-se tomada de poder. Daí o diálogo conosco e as políticas de êxodo das multidões: teríamos finalmente o "bárbaro tecnizado" (SANTIAGO, *idem*, p. 110).

Cidade correria e *Céus* não fazem paródia, não pugnam por rupturas e escárnios; adotam, antes, o pastiche, que "aceita o passado como tal, e a obra de arte nada mais é do que um suplemento. [...] o complemento dá a impressão de ter em mãos alguma coisa incompleta. [...] Suplemento é alguma coisa que você acrescenta a algo que já é um todo" (SANTIAGO, *idem*, p. 115). *Cidade correria* recorre a isto em relação a *O bebê de tarlatana rosa*; O mesmo para *Os sertões* de José Celso quanto a Euclides. Assim também o uso da *Anunciação* de Tintoretto em *Céus* – desde que não se tome suplemento por acabamento.

Nossas novas epistemologias não podem deixar de trafegar entre verdades, tomando-as pelo que sempre foram: seu processo de produção. Isto implica uma multiplicidade de confrontos com o passado, onde as evidências redimensionam-se e se tornam novamente questões. Arguir sobre a origem é operar num campo de forças para fazer virem à tona os conflitos. A identidade, aparentada do consenso, transmuta-se em diferença e dissenso, produção subjetiva que desdenha os sujeitos prévios, pressupostos a qualquer experiência. O Diabo, figura do Múltiplo, do Sem-Nome e Sem-Forma, descatequisa-se. *Cidade correria* festeja a alegria de ser outro do outro. Nossa qualidade sempre foi a de híbridos, monstros, desexcelentes. O diabo moralizador de Anchieta é perversão da gargalhada popular medieval. Mas ele está presente agora, sem peias, numa *epistheme* feita do encontro com *poesis*.

ENTRE OUTROS E OUTREM*

Para Ieda Tucherman

> Aquele drama de amor, que parece haver nascido da perfídia da serpente e da desobediência do homem, ainda não deixou de dar enchentes a este mundo. Uma vez ou outra algum poeta empresta-lhe a sua língua, entre as lágrimas do espectador; só isso. O drama é de todos os dias e de todas as formas, e novo como o sol, que também é velho.
>
> (Machado de Assis)

Quero, há tempos, compreender relações entre Wagner e Artaud, para explorar a presença do trágico na contemporaneidade. Não trato, a não ser de passagem, do gênero tragédia. Procuro a tragicidade entre as origens e a cena atual, nas conexões de tempo e espaço. Escrevi, alhures [e insistentemente], que a crueldade, em Artaud, tem afinidade com *arkhé*: um princípio indemonstrável; *apeirón* é o indefinido, uma forma que não traça seus limites, mas gera efeitos (Anaximandro). Penso num certo entrelaçamento com a *génesis*, vista por Anaxágoras como passagem ao ser, tornar-se; transformação dos elementos uns nos outros: separação e agregação do que provém da mistura primordial. Para Heráclito, tudo é um e está na incessante mudança (NIETZSCHE, 1987).

---

* Este texto foi apresentado como conferência para progressão a Professora Titular, na Escola de Comunicação, da Universidade Federal do Rio de Janeiro, em 2021.

Arkhé ("origem") é metamorfose, incompletude, inacabamento: onde está o ponto em que algo se torna outro? Na convulsão de corpos e espaços, a aparição se faz na imanência recíproca entre linguagem e ser, diz Torrano (1981) sobre a *Teogonia*, de Hesíodo.

Entre Wagner e Artaud, talvez haja uma união indissolúvel, tal como Nietzsche (1982) estabeleceu quanto a Apolo e Dionísio. É que as origens reaparecem em múltiplas configurações da cena. Os tempos se expressam em *Aion*. Passado e futuro comprimem o presente: duas setas convergem para ele numa mesma reta. O presente é, então, o único tempo existente, a presença dos corpos o atesta; no entanto, ele é esvaído de si. Os espaços são infinitos no interior do intervalo finito.

Sigo rastros de Deleuze e Guattari (1992), em *O que é a filosofia?*. Há outras direções, porque o pensamento é tortuoso e acidentado, cheio de saltos, cambalhotas, riscos. Há mistérios entre os conceitos e o plano onde eles se instalam; aparece o Idiota, que diz Eu e pensa por si mesmo; é um "pensador privado". E há o "professor público" que apela ao já sabido. Como personagem conceitual, o Idiota está na origem do sujeito, segundo a fundação moderna de Descartes (1983): ativo, criador, razão que reflete a Razão – ele parte da dúvida metódica. Deste idiota, arrisco-me a dizer que deriva Richard Wagner. Ele faz, em Bayreuth, a afirmação do teorema euclidiano sobre o espaço: altura X largura X profundidade que definem o cubo. Wagner pode também ser avistado entre os que aliam a crença cristã aos princípios da verossimilhança aristotélica – a velha escolástica.

Um novo idiota convoca as potências da criação para receber a dádiva do incompreensível. Algo os une, "como se fosse necessário que o primeiro perdesse a razão para que o segundo reencontrasse o que o outro tinha perdido a princípio, ganhando-a" (DELEUZE & GUATTARI, 1992, p. 85).

Sócrates, como personagem conceitual do platonismo, descreve o plano de imanência no qual exerce o papel de criador de conceitos. Enfrenta perigos. Mas, a morte de Sócrates não é trágica; ele se entrega a ela porque faz uma aposta no consolo metafísico. Essa morte é um "drama de martírio", em Benjamin (1984). Sócrates torna-se, então, um modelo de alegoria barroca. Vê-se que não pretendo cronologias.

Artaud traça o plano de imanência do teatro da crueldade. Ele é um devir, um poeta, filósofo, ator, encenador, sempre gerundivamente tornando-se. Ou pode atuar à maneira de um verbo no infinitivo, outra potência do tornar-se. Artaud é esse inacabamento. A figura contrastiva é Wagner, com sua obra de arte total: encontro das artes do tempo e do espaço, fechamento do palco na quarta-parede – cubo euclidiano. Bayreuth (BABLET, 1984) tem as luzes da plateia apagadas em nome da autonomia do objeto visto na cena, distante daqui de onde o vejo: pretende-se anular minha existência de vidente. As relações de corpo, espaço e tempo (GADELHA, 2013), cobrariam, da totalidade, o preço da incompletude – foi logo o que percebeu Appia (s.d). A cena depende da contemplação do espectador, que lhe confere um sentido mais uma vez incompleto. Forças arquimedianas rasgam o palco para separá-lo da cena; fendas são produzidas pelos movimentos dos corpos; entre um foco de luz e outro, uma obscuridade pulsante e plena de provocações do que não vejo ao que vejo. Daí para a frente, a cena moderna se exibe: uma adesão a Wagner e à ideia de totalidade, mas sem as harmonias entre diferenças sonhadas pelo músico. É que, diz Appia, as linguagens se integram por desarmonia, mostrando os tensos desempenhos de umas contra as outras. Estes são pontos fundantes da encenação.

Artaud é junção e disjunção da personagem conceitual (operador de conceitos num plano de imanência) com uma figura estética (potência de afetos e perceptos atuando num plano de composição). Uns e outros nos arrebatam tanto do senso comum quanto do caos, em meio a bifurcações, acordos, desacordos. Os planos de imanência e composição se intersecccionam; as figuras transitam entre eles e se intercambiam. Nietzsche, o filósofo, é poeta. As heterogeneidades impedem as sínteses arte-filosofia, em-

bora propiciem os híbridos. Pressupõem-se deslocamentos desterritorializantes para produzir reterritorializações (DELEUZE & GUATTARI, 1995) de natureza diversa.

O “estrangeiro”, o “migrante”, o “passante” são funções alegóricas (não necessariamente representantes de situações sociais específicas); barrocamente, encaixam-se, sem que os contornos correspondam perfeitamente uns aos outros. Brecht pretendeu uma arte científica, a apresentar suas variáveis e proposições no interior da dialética materialista. Convenhamos: as fendas entre as partes permanecem visíveis e atuantes, fazendo lembrar a imortalidade de Caos. Evoco novamente a *Teogonia*.

Os personagens conceituais são marcadores de territórios de pensamento; a desterritorialização do artista em delírio o faz retornar numa invenção poética. O filósofo gagueja e gagueja o artista, turbilhonando a linguagem. Assim Artaud, com os gritos dados por seu corpo sem órgãos.

Os contendores dialogam com o pensamento e não com quem se senta a seu lado no *Banquete* de Platão. Há partilha, mas não debate entre Artaud e Wagner, embora seja necessário vermos que, a todo momento, um desliza sobre o outro, sem jamais se confundirem. Cada um extrai do caos os traços com que fenderá o teatro, povoando-o; eles se aproximam e afastam, perfazendo movimentos reversíveis e infinitos; a cada passo, uma refundação do teatro.

A ciência, também desejosa de escapar ao caos, lida com proposições. A cidade grega hospeda o domínio da opinião (*doxa*), que expressa as origens vistas como tradições. A discussão, neste caso, é interminável; o *logos* é partido – *diá*. A medida da verdade será transcendente e capaz de acolher as opiniões verdadeiras. Mas Platão lega a Aristóteles as suas aporias. Daí a *Retórica* e a *Poética* como *techné* de ascese à verdade, conduzida pela Boa Forma. A *Poética* extrai, dos enigmas do trágico, uma *paideia* do bom cidadão, sugerindo-lhe que se contente com a verossimilhança.

Os encadeamentos de opiniões iludem sobre uma opinião superior (*Urdoxa*); deixa-se de pensar o Acontecimento do pensar. As proposições científicas remetem o conhecimento a uma imagem pré-dada do pensamento. Criar conceitos, ao contrário, é aceitar as incógnitas de um problema. O plano traçado, o personagem inventado, o conceito criado são autônomos e decidem uns sobre os outros. Wagner e Artaud operam diferentes procedimentos. O primeiro filia-se ao que se pretendeu "tradição aristotélica": um teatro que se supõe verossímil desde os renascentistas e neoclássicos aos naturalistas. Tem-se, no drama, visto como ação – concebida por início, meio e fim numa reta de cronologia aliada a um princípio de causalidade – seu pilar de sustentação. Artaud provém da lida direta com o caos, do desejo de desmontagem da representação para alcançar a imanência na mais próxima corporeidade de um si-mesmo. Mas Caos é cissiparidade: no tempo presente e no espaço da presença, o corpo é o mais próximo e o mais distante. Aos solavancos, cumprem-se percursos entre o que os une e separa. Com Wagner, o sonhado reencontro com o passado promete uma redenção; para Artaud, o passado deixou-se viciar pelo niilismo.

Roberto Alvim mergulha as personagens de Ésquilo em extrema obscuridade: vaivém entre a máscara individual e a indistinção arcaica (*Peep classic Ésquilo*, 2015). Os corpos são estátuas que dançam no tempo, porque o nomadismo não exige deslocamentos. As singularidades articulam-se ao Múltiplo. Na solidão das cidades, o monumento é de areia – "eu" precário. Nessa deriva, a cena preserva a frontalidade wagneriana.

Nietzsche (1999) acaba de passar por mim, brandindo *O caso Wagner – um problema para músicos*. O filósofo resiste ao seu tempo, buscando o Intempestivo naquilo que excede o presente e a história: outros tempos sobre o tempo. As vidas empobrecidas ocultam-se sob as noções de Bem e Mal, revelando cansaço e negação de vida. *Para a genealogia da moral* (2000) mostra, no ressentimento, a escravidão e o sacerdócio. Wagner expõe esse desalento; sua obra é necessária à má consciência. Em Bayreuth, a modernidade se compromete com metrificações e teoremas euclidianos que querem alcançar imagens do Bem.

O templo de Bayreuth supõe a necessidade de moral e senso comum. Modernidade e decadência aliam-se numa doença da civilização. Deleuze (1997) dirá, mais tarde, que basta uma "pequena saúde" de artista para dar passagem aos devires. O excesso de robustez é fascista – delírio totalizador, pretensão à completude. Não sendo "médico da civilização", Wagner faz esquecer a doença, alimentando culpa e ressentimento neuróticos. A hipnose da música se materializa no dispositivo cênico de Bayreuth: os focos de luz direcionam o que deve ser visto e aquietam o corpo para docilizar o espectador, fazendo-o esquecer-se do tempo em que dançava. Wagner é o arauto do melodrama grandioso e "elevado" que aplaina o destino trágico. Os gregos são vistos por aspectos exteriores, sem sua aptidão para a dor e a alegre entrega às forças imanentes da vida. Assim se afirmam a compaixão cristã e a redenção para conceder ao espírito das massas e alimentar o prazer que entorpece. Wagner está lado a lado com Eurípides: perfeição e decadência. A melodia cala e domestica a *melos* (NIETZSCHE, 1982). A resignação acalma os nervos e ignora o lirismo primordial de Arquíloco: dores da diferenciação, sofrimentos postos entre a carne e o corpo; o corpo e os corpos.

A "retórica teatral" de Wagner diz respeito ao histrionismo mimético, fazendo cair a música nas malhas da ordem socrático-platônico-aristotélica. Arte de funções pedagógicas. Trata-se de recuperar a alma alemã, como para Aristóteles se tratava de adequar o cidadão aos quadros da *polis*. Uma tal retórica submete a música à dramaturgia, diz Nietzsche. Aqui, o "dramático" se refere à ação, que Wagner defendeu como eixo em torno do qual tudo o mais se organiza e harmoniza – as artes do tempo e as do espaço.

Numa nota de pé de página a *O caso Wagner*, Nietzsche chama atenção para a tradução de "drama" por "ação". Um possível desvio desde Aristóteles, com tudo que se supôs sustentar o verossímil. Mas Nietzsche ressalta que a palavra "drama" é dórica e significa "acontecimento" hierofânico, o suceder (não o fazer) de uma revelação. Lembremos: desde que o suceder, em português, não diga respeito a uma sucessão. Os hinos hesiódicos estão mais próximos desse *drân*, assim como, talvez, os ditirambos.

Wagner ressoa a cultura hegeliana. A música e a arte dramática representam a ascese do mundo das particularidades – dilaceração do corpo, voto de morte e pessimismo – em direção ao absoluto. O modelo é Cristo. A história se inscreve neste movimento de ascenso/descenso. A espiral dialética tudo redime, pela libertação dos constrangimentos de tempo e espaço a que está submetido o corpo: o que exulta de prazer, mas paga com o padecimento.

O virtuosismo exige treino e docilidade do ator moderno, o que talvez tornasse os naturalistas abomináveis aos olhos de Nietzsche. Com uma maldosa ironia, Nietzsche diz que Wagner só precisa de teutões obedientes e de pernas longas, sendo significativo que sua arte apareça junto ao Reich de Bismarck.

A tragédia provém do espírito da música. É ela que conduz ao êxtase e refaz o percurso contrário: a ruptura com as identidades liga-se à função diferenciadora de Apolo. Nietzsche acusa Wagner de ter retirado à música o seu papel original, separando-a do corpo. Wagner teria traído o espírito dionisíaco, capturando a música pela representação e a verossimilhança. Isto implica domínio da palavra. A fé na proeminência do teatro sobre as artes faz de Bayreuth um templo à demolatria, numa época de notável crescimento do que seria depois chamado de cultura de massas. Nietzsche repete Platão: Wagner corrompe os jovens. Mas a acusação vai em sentido contrário: o músico abate os instintos e as forças, destrói a afirmatividade, prega o niilismo (conformidade, culpa, obediência, vontade de poder).

Em *Amazona* (Teatro de Caminho, direção de Ricardo Cabral, Rio de Janeiro, 2018), o dispositivo cênico (alegórico) é a cidade – seus espaços colonizados e colonizadores, seus trajetos obrigatórios. Em correria através dela, atores e espectadores são todos guerreiros em luta para fazer ressurgir a floresta que deu lugar – entre vales, rios e mares – ao asfalto e ao concreto que empurraram para baixo e para os lados as cenas da origem. A heroína é coletiva: amazonas são mulheres míticas, descendentes de Ares (deus da guerra) com a ninfa Harmonia. É preciso regar o chão da frente da Igreja da Candelária, semear o asfalto para que brotem o retorno e a vingança da floresta. É preciso atravessar ruas e desbloquear calçadas, depositar sementes entre as frestas das pedras portuguesas – pedras colonizadoras; buscar o que é vivo e reverbera, ocupando espaço e revertendo as ruínas em novas construções. Os percursos exigem paradas, evocações, diálogos, numa caça à resposta sobre por que não abandonar a cidade. Amazona começou a nascer pouco depois da morte de Marielle Franco: pleno luto, como requer o barroco. O elenco arriscou ensaiar e performar nos espaços públicos; um saiu pelas ruas com vara e iscas (celular, sandálias, nota de cinco reais), pescando pessoas; outra veste maiô vermelho de super-heroína de patins e capa turquesa com a inscrição "posso ajudar"; uma terceira deu aulas de como subir em árvores. As mônadas são nômades: máquina de guerra em combate com o sedentarismo de Estado, conforme desenvolvi, a partir de Deleuze. O combate não é contra, mas entre forças que fazem reviver Pentesileia, a rainha que lutou ao lado de Príamo para salvar Troia e foi morta por Aquiles, que não pode deixar de apaixonar-se por seu belo corpo morto. Pentesileia é Marielle, o Rio de Janeiro – alegorias de nascimento e morte.

Tento escapar às armadilhas dicotômicas, pois – já apontei – penso em Wagner e Artaud como análogos do laço entre Apolo e Dionísio. Explorei, em alguns trabalhos, o caráter – aqui mais, ali menos acentuado – de lirismo coral que dá consistência à cena contemporânea.

Wagner (2003), balizador da cena moderna, não era, propriamente, um encenador. Trata-se de um dos últimos suspiros do aristotelismo. Com isso lidarão artistas problematizadores do domínio da palavra (e da música) sobre a cena, abrindo discussões em torno do que é ou pode ser a teatralidade: indagação sem resposta, mas, por isso mesmo, proliferadora de possibilidades. Evidencia-se a arquitetura do palco como um suporte material; as relações da cena com o texto dramático; e o vislumbrar de um teatro não-literário, considerando-se a cena uma "espessura de signos" independente do texto (BARTHES, 1964). Com ou sem vinculações explícitas a Wagner, os primeiros encenadores elucubraram e experimentaram ambientados por aqueles parâmetros; mesmo Brecht (1973), que recusava, no *Pequeno órganon para o teatro*, a "obra de arte total". É que ele identificava aí o vínculo com o aristotelismo.

Artaud concebe o "teatro da crueldade" para desfazer o domínio do corpo pela palavra. Insurge-se contra a representação, apostando numa pura presença dos corpos no tempo presente. Mas representar é produzir um duplo – traço do platonismo (e de seus duplos). Transito por heterogeneidades, tentando compreender um processo no qual a cena contemporânea promove rupturas e continuidades em relação aos encenadores modernos.

Inerente ao pensamento é o risco de pensar e pensar-se: inarredável tragicidade no caos que habita as coisas. Assim como o filósofo é o Amigo da sabedoria, Artaud é amigo do teatro, sem deixar de fazer tensão com ele, forçando os seus limites e demolindo a funcionalidade do dispositivo de Bayreuth. Quero pensar o trágico em irrupções caóticas – não-teatro, mas teatralidade: uma potência. Com Artaud e Wagner, tem-se um jogo de alteridade do teatro consigo mesmo, posto no intervalo entre "a véspera e o amanhã" (DERRIDA, 1995), um antes da fundação da tragédia e seu depois

– nascimento e morte. O tempo presente esvai-se de si, abre uma fenda onde se redobra e recompõe a representação. Aí se instalam presenças, ausências e temporalidades, numa distância da representação consigo mesma; realojam-se as nomeações, designações, re-signações. O objeto, ao apresentar-se, priva-se de si para que algo faça a mediação dele com uma ordem de experiência e linguagem.

Ciência, arte e filosofia são criadoras. À filosofia cabe criar conceitos. Na qualidade de artista, Artaud alcança a posição de filósofo. O trabalho é de enfrentamento e combate a qualquer consenso sobre o que é ou não é o teatro.

Na dialética universal/particular, em Brecht, a arte ambiciona o domínio da ciência (intervenção empírica e de passagem à política); por outro lado, não quer deixar de ser arte. Brecht talvez intuísse que transitava por uma zona onde o pensamento está à beira da ruptura com o conhecimento. Assim indicam as suas peças mais convictas na adesão à dialética; no entanto, elas são misteriosamente inconclusivas (*A vida de Galileu, Mãe Coragem, Alma boa de Set-Suã*). A arte, em Brecht, flerta com o inexplicável, mesmo fazendo apelo à história e ao porvir; o distanciamento é, sobretudo, desconfiado. Nas rachaduras expostas, um possível "vazamento do caos". Brecht é quase-filósofo, quase-cientista, sempre artista. Os universais transbordam da epistemologia e aderem à *sensibilia* própria da arte.

Mas o salto para o abismo é dado por Artaud. Ele ajuda a recompor o lugar dos conceitos perante o trágico, porque não se submete aos "conceituadores" modernos ou à indústria cultural, salvando a arte das garras da pragmática dos produtos. Seu pensar, como acontecimento dos afetos da arte, escapou aos limites do teatro da primeira metade do século XX e abriu os horizontes para os novos arranjos da narrativa teatral por ele turbilhonada. Artaud afirma o autocriado e autopoético do conceito, que se impõe e dispõe, na tensão do poeta-filósofo com o teatro: ele o cria e é criado, posto à prova, submetido. Retalham-se os organismos, *Para acabar com o julgamento de Deus*. As fraturas abrem espaço para novos componentes de conceitos, deslocando-os, modificando-os.

Falo de Artaud e de possíveis outros que o frequentam e compõem. São relações de trocas onde o sujeito é colocado como objeto para um outro sujeito. Daí o problema: o que é a posição de "outrem", que ocupa tanto o lugar do sujeito quanto do objeto, sem se deter em nenhum? Essa multiplicidade de "Outrem" permite a Artaud superar toda dicotomia: sujeito/objeto, ator/espectador. O acontecimento do teatro não é uma gramática do espetáculo, mas um movimento de desteatralizar e reteatralizar. Outrem é outridade: potência mediadora das trocas de posição entre Artaud e Wagner, porque um participa da natureza do outro e cada um é portador de multiplicidades. Outrem não é um "eu", mas um "há"; um possível – porém, ex-istente (*ex-istere*) que, uma vez expresso, atualiza (põe em ato) uma virtualidade dada numa pressão para "fora", onde o ser (*sedere*) é tensão com o estar (*istere*). Outrem, como terceiro potencial entre o sujeito e o objeto, produz-se na fissura: ao atravessar o espelho, Alice vê-se em outro lugar que não a sala de sua casa e experimenta a perda do nome próprio (DELEUZE, 1994). Índice linguístico, "eu" não é um embreante, nem condição para que haja discurso. Outrem é um possível tal que outro é uma máscara – revelação singular que instaura, entre mim e os gregos, um processo individuante e trágico – eles são outros de nós e de si mesmos. Outrem, outridade; outro, alteridade. A máscara do outro (singular) recobre outrem (o Múltiplo). A cena é *âgon*; a composição Wagner/Artaud inclui o antes e o depois do acontecimento de criação. São afastamentos e aproximações, encontro do máximo de determinação do pensamento teatral com o máximo de indeterminação e inacabamento, identidades e diferenciações, em qualquer ponto da reta que os separa e une. Dão-se redistribuições de sujeito e objeto, abrindo superfícies e profundidades em dobras, inversões e descentramentos.

Outrem pode conter-se num verbo, um infinitivo impessoal. O trágico por aí circula com suas máscaras singulares, a ocupar um plano onde pode aparecer de *n* maneiras, a transbordar as versões históricas do que se pretendeu por tragédia. Outrem é um devir – rosto jamais inteiramente delineado. A cena contemporânea, artaudiana, passa por estruturas wagnerianas que permitam novas designações do teatro – singularidades e variações processuais, pois os conceitos não se dão em variáveis.

O conceito do trágico está em suas variações e não no gênero tragédia, com suas versões várias (melhor dizer "variáveis históricas"?). O trágico está no que compõe suas intensidades, indiscernibilidades, indeterminações. As coordenadas da tragédia são uma captura da variação como variável. A *Poética* não fala da tragédia, mas de suas supostas boas regras. Assim quis Wagner, propondo a harmonização das diferentes linguagens a partir do drama. Com esta proposição, traçam-se quadros de referências (vizinhanças com a ciência?). Mas Artaud escapa para o outrem, pressionando as proposições a alcançar o Indiscernível, o Inominável, o Acontecimento e seu Indizível. Artaud experimentou um não-teatro e uma não-filosofia para afirmar a ambos. São excessos e delírios por onde circulam um pré-teatro, uma pré-filosofia. Já teatro e já filosofia. Pré- e pós-, porque aqui também se encontram, entrelaçadas, as formas clássicas e as refundações contemporâneas do teatro.

Os gregos temiam o retorno do Caos, as misturas de tudo, o acaso. A cena contemporânea tem profundas afinidades com o coro. A "festa" de Artaud (1985, 1987) é disruptiva. Pressiona, até o limite, a narrativa teatral. Um não-teatro preenche o teatro, circunda-o, fratura-o e mostra vazios plenos de teatralidade. Tais potências trágicas transbordam da moldura wagneriana. Esse "fora" retorna em dobras (DELEUZE, 1995), inclusive políticas. Nelas, os vazios são potências de engendramentos postas entre territórios instáveis. Daí aos contornos (ou falta deles) do espetáculo atual. Isto atinge o personagem – um suporte da narrativa, no percurso de tempo e espaço que a constitui. Quebradas essas cadeias, restam máscaras de contornos borrados, entre as quais se insinua um análogo das turbas dionisíacas anteriores à *polis* e à tragédia (DETIÈNNE, 1988).

A visão perspéctica pressupõe uma ordem de representação assimilável, por um sujeito universal, como materialização da ordem do mundo. O palco é tecnologia de poder e narrativa. Desfazem-se, hoje, dicotomias e hierarquias. Em dobra, os extremos pressionam um ao outro, encontrando, na linguagem, porções arcaicas. Refeito, o coro é novamente de bacantes: des-identidade libertadora da tragicidade, turbilhonando a ação clássica. Desfeitos os elos, afirmam-se sentidos opostos; o presente é indistinção de passado e futuro (*Aion*). A "ação" tornou-se agir: verbo no infinitivo, cujos paradoxos são acontecimentos, forças que operam em Diferença quanto a "bom senso" (seta a indicar a "boa" direção) e "senso comum", que identifica o diferente sobre o pano de fundo do Mesmo (DELEUZE, 1974).

O corpo adota regime grotesco, proliferando simulacros: não há medida ou relação com cópia ou ideia (DELEUZE, 1974). A personagem perde profundidade histórica e psicológica, assumindo espessura de simples figura (máscara, alegoria). Ainda que aconteça sobre o palco italiano "arborescente" – cruzamento de sincronia por diacronia; tronco dos paradigmas provedor de sentido para os ramos sintagmáticos (DELEUZE & GUATTARI (1995, v.1) –, a cena se mantêm em potências múltiplas, a escapar às determinações da sala.

Com Zé Celso, as páginas de *Os sertões* (Euclides da Cunha) são arrebatadas das unidades históricas. O rosto (máscara) é uma política; desfazê-lo também é. No longo espetáculo de 26 horas, Os sertões é (são) novamente trágico(s). Este trânsito se serve da tragédia para fugir dela em todas as direções: tragicidade fundada em rizomas. Neles, somos todos Canudos, desde os primórdios de todos os massacres que até hoje compõem o que chamamos de Brasil.

Politicamente, o coro é análogo à multidão contemporânea (HARDT & NEGRI, 2005), num capitalismo de serviços e informação. Isto permite pensar a subjetividade fora de determinações universais e exige redimensionar a personagem dramática. A multidão e o sujeito precário ocupam o lugar do operário, colocando em cena as minorias, fazendo o transbordamento de Brecht em Artaud. Pulsa o poder constituinte no âmbito do poder constituído, para abalá-lo.

Com Walter Benjamin (1984), o espaço-tempo da "mônada" é uma forma no presente: tensão entre passado e futuro, pré e pós-história. Contém o conjunto, sendo parte de um mosaico: cena multiplicada em diferentes planos de narrativa, fora de causalidade e cronologia, nos confins da civilização, da razão. O louco e o selvagem são personagens recorrentes. Na mônada transita a "alegoria": *allós*, o outro; *agourein* é um falar da ágora, linguagem pública. Fala do outro, outro da fala, outro da cidade, fala do si-mesmo como um outro perfazem a reunião e o trânsito entre diferentes figuras: metáfora, metonímia, sinédoque. A alegoria diz uma coisa e significa, incansavelmente, outra. Destino e morte proliferam enganos, fantasmas, inexorabilidades.

Todas as alegorias remetem à morte; provêm dela. A ruína é um resto de vida cintilando na transitoriedade das significações e transmutando-se em abundância. Os fragmentos esquartejam a linguagem e o mundo. A morte mediatiza os planos; ela é moeda de negociação entre o vazio e o preenchimento alegórico. Na tradição hebraico- cristã, o desejo de tudo saber (e tudo figurar) é demoníaco. A Salvação mergulha no engano da multiplicação de formas. Na vertente greco-latina, Dionísio e sua máscara são alegorias do trânsito entre o Um e o Múltiplo: desmedida, indeterminação, inacabamento. A alegoria é sempre de outra(s) alegoria(s).

As representações remetem, com Agamben (2007), ao viver na estranheza, entre o dizível e o indizível: contingência de um poder-ser e um poder-não-ser – vazio de sujeito. A mônada e a alegoria habitam essa potência de subjetivação, em tensões e contrastes (BENJAMIN, 1984), grandeza e miséria. A máscara opera em excesso e falta; aderindo ao comum, ela não pertence nem ao Eu nem ao Outro. Assim o teatro luta para escapar ao "absoluto improfanável" do capitalismo, que submete a experiência à "sociedade do espetáculo" (DÈBORD, 1997). Corpo e espaço são forças que atuam em tenso diálogo com as imagens que os alienaram – já mostrava Benjamin (1992). Lembremos o que depois Deleuze (1992) chamou "sociedade de controle"; ou das máquinas "24/7" e os sujeitos insones de Crary (2014).

Penso com Derrida (1995): as investidas de Artaud evocam uma tragicidade situada entre a morte e o nascimento do teatro na *polis* grega: intervalo anterior e posterior ao êxtase e ao espetáculo. A cena wagneriana se desmancha e refaz, na luta com Artaud, em reconjugações situadas pré- e pós-dramaticamente. Daí à máscara alegórica, grotesca e monstruosa no seu hibridismo e na destituição de poderes parodiados. A alegoria não é otimista ou pessimista, mas afirmativa e produtora de mundos. Afirmação que remete ao *génos*, onde está implicada a origem, desde que não vista como única ou unificante. Isto seria tomar o *génos* com um prefixo negativo (in/genuidade – perda de referência de si e do outro); mas quero tomá-lo positivamente: *in*(em)*génos*, no interior do princípio gerador e perpetuador da vida em sua multiplicidade.

O lugar de cada um está no que o ultrapassa: inscrição cósmica imemorial e sempre presente.

Artaud (ator, poeta, encenador, autor) jamais será apenas Eu, na sua atividade seminal e iconoclasta de artista sem obra. A pré ou pós-individualidade desmancha qualquer pretensão a um Eu robusto que impeça a passagem dos devires (DELEUZE, 1997): alegria, dor, co-moção – Eu e Outro, pertença e não-pertença a si. A cena alegórica contemporânea permite pensar o teatro como uma luta com e contra o palco, qualquer que seja ele, inclusive a falta dele: “grande teatro do mundo”.

No “corpo a corpo com os dispositivos” (AGAMBEN, 2012, p. 44), podem romper-se usos e destinações, devolvendo “a um possível uso comum” aquilo que foi capturado pelos poderes. Um “contradispositivo” restitui o que havia sido separado. Nas performances de sangue e risco de morte, um paradoxo: sobre a carne dilacerada, retorna o corpo alienado pelo trabalho e as imagens, mesmo que em sua doação ao perigo e ao acaso. Marina Abramovic, em *Rhythm 5*, espalha pedaços de madeira e os embebe em gasolina sobre uma estrela posta no chão. Toca fogo na estrela e se deita em seu interior, até que alguém retire a performer. Esses ritos induzem à procura dos elos com o passado, incluindo a história do teatro e da arte: o presente contém e refaz temporalidades e representações.

A descontinuidade é vizinhança e choque entre as disparidades. Brilham origens; eterno retorno, ora na figura do Mesmo (cópia das ideias, cena clássica), ora na Diferença – os simulacros (DELEUZE, 1974). Passado e futuro pressionam o presente – tempo aiônico. O destino é inexorável, aprendemos com Ésquilo, mesmo que não venha a morte ao fim da *Oréstia*. Ainda que as forças cósmicas se encontrem provisoriamente apaziguadas, o caos está à espreita. Na solidão de Orestes, toda linguagem é insuficiente; o trânsito é entre o dizível e o indizível. O Eu pronunciado contém o Nós: remete tanto ao *génos* quanto ao coro e à cidade.

Do mesmo modo, a máscara contemporânea repete o sacrifício do corpo na mudez de uma fala que não comunica; ela representa o irrepresentável. Trágico é o vazio, a distância entre a palavra, a ação, a situação – mesmo que a tentativa seja fazer presente a presença, deflagrando o perigo de morte. Ela será a testemunha paradoxal da impossibilidade de uma pura e absoluta presença, conforme a queria e pela qual se atormentava Artaud.

A vocação barroca para as dissoluções de contornos promove o encontro da festa dionisíaca com o desfile e a procissão: o carnaval é, às vezes, funesto, do mesmo modo que a cena contemporânea, pondo à prova os limites da resistência do corpo. Fustigar o acaso pode ser recurso de fuga ao desejo de controlá-lo, na sociedade superinformada e tecno-científica. Supõe-se aí o trágico.

Benjamin (1984) aponta a inflexão que a morte de Sócrates impõe ao espírito grego. Esta inauguração do drama de martírio soa como ascética paródia à tragédia; o trágico se esvai em favor da razão. No lugar do herói, surge o mártir. Sócrates dá a ver as diferenças do drama de martírio em relação à tragédia anterior ao influxo decadente e racionalista. Ao mesmo tempo, esta anterioridade insinua afinidades com a cena popular da Idade Média que dá origem ao barroco: o carnaval remete às saturnais e às festas dionisíacas. Sócrates é confluência de uma temporalidade pré- e pós-tragédia. Ou, com Artaud, pré- e pós-morte de Dionísio na *polis* (DERRIDA, 1995). Mais um elo se junta a Sócrates no drama de martírio: a figura de Cristo e a reevangelização nas ruas da cidade medieval.

O vácuo entre o céu e a terra é preenchido provisoriamente pela alegoria. Ela (pletórica, prolixa) é um conceito em forma sensível. A exaltação do presente, sempre fugidio, não impede a melancolia da decadência, que desdenha o futuro. Fugacidade e extravagância tentam encobrir as lacunas, apoteoticamente. Se o símbolo promete a estabilidade das significações e das crenças, a alegoria captura o divino e o faz terreno. Hoje, ela contrapõe o terreno ao terreno, a carne ao corpo, profanando, com a arte, a única religião, segundo Agamben e Benjamin: a do capitalismo. Proliferamos imagens, desmembramos circuitos midiáticos, trafegando em superfícies sem espessura. Os corpos ganham, no teatro – este dispositivo de fazer ver e ouvir – a consistência da vida dilacerada, presença que se desdobra e redobra em morte e ausência para recobrar memória e tragicidade.

Assim é *Para não morrer* (dramaturgia de Francisco Mallman baseada em Eduardo Galeano. Curitiba, 2018). Uma Sheherazade ensanguentada e velha como os tempos conta histórias de mulheres reais ou fictícias. A memória é de retalhos da América Latina oprimida. A contadora de histórias alegoriza uma figura materna e arquetípica, brotando de uma árvore cujos ramos e raízes são desejos, genocídios, arbitrariedades, alegrias, irreverências, esperanças, astúcias. Tudo se mistura; aquelas que são lembradas terão garantida sua permanência no mundo, para além de todo sofrimento e esquecimento. É que narrar devolve a vida de quem se foi para a vida de quem aqui está, neste ato cerimonial que honrava os guerreiros gregos mortos em combate.

A alegoria se impõe como elo entre o trágico e o barroco. Ela sustenta tanto o drama de martírio quanto o melodrama wagneriano (assim qualificado por Nietzsche) e as figuras dionisíacas, reveladas por Apolo. Ela transita no palco à italiana e derruba suas paredes e coordenadas para ganhar a cidade e dar lugar a um "povo por vir" (DELEUZE, 1997). São todas situações que mostram não uma alternativa, mas uma paradoxal afirmação de contrários: temporalidade aiônica ou monádica, espaços moebiusianos. Vivemos a euforia do eterno retorno.

As inquietações sobre o presente levam a Foucault (2000) e seus comentários a Kant: *Was ist Aufklärung?* Ela é uma solução para nossa "menoridade" na qual um "outro" (livro, orientador espiritual ou médico) conduz à razão. A "maioridade" é processo e tarefa de responsabilidade – voltada a si e aos outros, a exigir coragem de saber para realizar mudanças históricas e políticas. A distinção é entre os usos público e privado da razão; no primeiro caso, ela é livre (no entanto, referida a funções sociais); no segundo, submissa. Mas, ainda que cindido, o sujeito universal articula a coragem de saber e a obediência. A crise da razão abre fendas na política: onde estão os critérios de validação do agir? O uso da razão dispensa a autoridade; a Crítica indaga o que se pode conhecer, deve-se fazer e permite-se esperar. Ela é "[...] o livro de bordo da razão tornada maior na *Aufklärung*; e, inversamente, a *Aufklärung* é a era da Crítica" (FOUCAULT, *idem*, p. 341). Liga--se a reflexão à história. Abre-se a atualidade como diferença que solicita atitude quanto a pensar, agir, sentir – suas pertinências e tarefas. Ela está em ato e é, portanto, contemporânea: encontro de tempos onde somos ainda o que já não somos; e já somos o que ainda não somos. "Contramodernidades". As luzes do teatro criam um lugar privilegiado para observar e viver as obscuridades.

Referências bibliográficas

AGAMBEN, Giorgio. *O que é o contemporâneo?* e outros ensaios. Chapecó, Editora Argos, 2009.

——. "O que é um dispositivo?". In: *O que é o contemporâneo?* Chapecó: Editora Argos, 2012.

——. *Profanações*. São Paulo: Boitempo, 2007.

AMARAL, Marcio Tavares d'. *Os assassinos do sol* – uma história dos paradigmas filosóficos. Rio de Janeiro: Editora UFRJ, 2015.

APPIA, Adolph. *A obra de arte viva*. Lisboa: Arcádia, s/d.

ARISTÓTELES. *Poética*. Porto Alegre: Globo, 1966.

ARTAUD, Antonin. *O teatro e seu duplo*. São Paulo, Max Limonad, 1984.

——. *Van Gogh, o suicidado da sociedade*. Lisboa: Hiena, 1987.

BABLET, Denis. "Appia y el espacio teatral; de la rebelión a la utopia". In: *Adolph Appia 1862-1928, actor – espacio – luz*. Zurich: Fundación Suiza de Cultura Pro Helvetia, 1984.

BADIOU, Alain. *Ética – um ensaio sobre a consciência do mal*. Rio de Janeiro, Relume-Dumará, 1995.

——. *Para uma nova teoria do sujeito*. Rio de Janeiro: Relume-Dumará, 1994.

BAKHTIN, Mikhail. *Estética da criação verbal*. São Paulo: Martins Fontes, 1997.

BARTHES, Roland. *Essais critique*. Paris: Du Seuil, 1964.

——. *O rumor da língua*. Lisboa: Edições 70, s/d.

BENJAMIN, Walter. "A obra de arte na era de sua reprodutibilidade técnica". In: *Sobre arte, técnica, linguagem e política*. Lisboa: Relógio d'Água, 1992.

——. *Origem do drama barroco alemão*. São Paulo: Brasiliense, 1984.

BERGSON, Henri. *Matéria e memória*. São Paulo: Martins Fontes, 1990.

BRECHT, Bertolt. "Pequeño órganon para el teatro". In: *Escritos sobre teatro*. Buenos Aires: Ediciones Nueva Visión, 1973.

BUTLER, Judith. *Vida precária – os poderes do luto e da violência*. Belo Horizonte: Autêntica Editora, 2019.

CAFEZEIRO, Edwaldo & GADELHA, Carmem. *História do teatro brasileiro*. Rio de Janeiro: FUNARTE/UFRJ/UERJ, 2006.

CÂNDIDO, Antônio. *O discurso e a cidade*. São Paulo: Livraria Duas Cidades, 1993.

CARVALHO, Alessandra Lima de. *Dispositivos de intensificação do acontecimento cênico: a obra de arte como abertura para o Dasein autêntico*. Rio de Janeiro: Programa de Pós-Graduação em Artes de Cena/Universidade Federal do Rio de Janeiro, 2018. Dissertação de Mestrado.

CASSIN, Barbara (org.). *Nuestros griegos y sus modernos – estratégias contemporâneas de apropriación de la Antigüedad*. Buenos Aires: Manantial, 1994.

CHARTIER, Roger. *Do palco à página*. Rio de Janeiro: Casa da Palavra, 2002.

CRARY, Jonathan. *24/7 – Capitalismo tardio e os fins do sono*. São Paulo: Cosac Naify, 2014.

CUNHA, Euclides da. *Os sertões*. Rio de Janeiro: Francisco Alves, 1946.

DEBORD, Guy. *A sociedade do espetáculo*. Rio de Janeiro: Ed. Contraponto, 1997.

DELEUZE, Gilles. *Conversações*. Rio de Janeiro: Ed. 34, 1992.

——. *Crítica e clínica*. São Paulo: Editora 34, 1997.

——. *Foucault*. São Paulo: Brasiliense, 1988.

——. *Lógica do sentido*. São Paulo: Perspectiva, 1994.

——. "Os índios da Palestina". In: *Dois regimes de loucos*. São Paulo: Editora 34, 2016.

——. *O mistério de Ariana*. Lisboa: Vega, 1996.

——. "O que é um dispositivo?". In: *O mistério de Ariana*. Lisboa: Vega, 1996.

——. "Para dar fim ao juízo". In: *Crítica e clínica*. São Paulo: Editora 34, 1997.

—— & GUATTARI, Félix. *Mil platôs*. São Paulo: Editora 34, 1995, v.1.

——. São Paulo: Editora 34, 1996, v.3.

——. São Paulo: Editora 34, 2012, v.5.

——. *O que é a filosofia?* Rio de Janeiro: Editora 34, 1992.

DERRIDA, Jacques. *A escritura e a diferença*. São Paulo: Perspectiva, 1995.

——. "Nos-otros griegos". In CASSIN, Barbara (org.). *Nuestros griegos y sus modernos*. Buenos Aires: Manantial, 1994.

DESCARTES, René. "Discurso do método". In: *Descartes*. São Paulo: Abril Cultural, 1983.

DESCOLA, Philippe. *Outras naturezas, outras culturas*. São Paulo: Editora 34, 2016.

DETIENNE, Marcel. *Dionísio a céu aberto*. Rio de Janeiro: Jorge Zahar, 1988.

DIDEROT, Denis. *Paradoxo sobre o comediante*. São Paulo: Abril Cultural, 1973.

FARIAS, Danielle Martins de. *Transversalidades e poéticas da cena – articulações entre literatura e teatro e seus procedimentos*. Rio de Janeiro: Programa de Pós-Graduação em Artes da Cena (PPGAC). Escola de Comunicação, UFRJ, 2019. Dissertação de Mestrado.

FERRAZ, Maria Cristina Franco. *Homo deletabilis – corpo, percepção, esquecimento do século XIX ao XXI*. Rio de Janeiro: Garamond, FAPERJ, 2010.

FOUCAULT, Michel. *A hermenêutica do sujeito*. São Paulo: Martins Fontes, 2004.

——. *As palavras e as coisas*. São Paulo: Martins Fontes, 1992.

——. *Microfísica do poder*. Rio de Janeiro: Graal, 1995.

——. *O governo de si e dos outros*. São Paulo: WMF/ Martins Fontes, 2010.

——. "O olho do poder". In: *Microfísica do poder*. Rio de Janeiro: Graal, 1995.

——. *O que é um autor?* Lisboa: Passagens, 1992.

——. "O que são as Luzes" In: *Ditos e escritos*. Rio de Janeiro: Forense, 2004, v.2.

——. *Corpo, espaço, tempo – indagações sobre poética do teatro*. Rio de Janeiro: Editora Aretê, 2013.

GROSFOGUEL, Ramón. "Para descolonizar os estudos de economia política e os estudos pós-coloniais: transmodernidade, pensamento de fronteira e colonialidade global". In: SANTOS, Boaventura Sousa & MENESES, Maria Paula (orgs.). *Epistemologias do Sul*. Coimbra: Edições Almedina, 2009.

HARDT, Michael & NEGRI, Antonio. *Império*. Rio de Janeiro, Record, 2001.

——. *Multidão*. Rio de Janeiro, Record, 2005.

HARVEY, David. *Condição pós-moderna*. São Paulo: Loyola, 1996.

HERÁCLITO. *Fragmentos (origem do pensamento)*. Edição bilíngue com tradução, introdução e notas de Emmanuel Carneiro Leão. Rio de Janeiro: Tempo Brasileiro, 1980.

HESÍODO. *Teogonia*. Tradução e Introdução de Jaa Torrano. São Paulo: Massao Ohno, 1981.

JAMESON, Fredric. *Pós-modernismo – a lógica cultural do capitalismo tardio*. São Paulo: Ática, 1996.

KIRK, G.S. & RAVEN, J. E. *Os filósofos pré-socráticos*. Lisboa: Calouste Gulbenkian, 1990.

KLEIST, Heinrich Von. Teatro de marionetes. In: *Cadernos de Cultura*. Rio de Janeiro: MEC, s.d.

KUSBRUSLY, Ricardo Silva. *Do tempo o que se diz*. Rio de Janeiro: *mimeo*, 2011.

——. *O zero como espelho do mundo*. Disponível em www.13snhct.sbhc.org.br/resources/anais/10/1343268221_ARQUIVO_RicardoSilvaKubrusly-O. 2012.

LEMGRUBER, Márcio. *Por que ler Montaigne*. Rio de Janeiro: *mimeo*, 2013.

NEGRI, Antonio & HARDT, Michael. *Multidão*. Rio de Janeiro: Record, 2004.

NIETZSCHE, Friedrich. *A filosofia na idade trágica dos gregos*. Lisboa: Edições 70, 1987.

——. *A genealogia da moral*. Rio: Ediouro, s.d.

——. *A origem da tragédia*. Lisboa: Guimarães, 1982.

——. *Genealogia da moral*. Petrópolis: Ed. Vozes, 2013.

——. *O caso Wagner: um problema para músicos / Nietzsche contra Wagner: dossiê de um psicólogo*. São Paulo: Companhia das Letras, 1999.

——. *Para a genealogia da moral*. Lisboa, Relógio d'Água Editores, 2000.

PETERS, F.E. *Termos filosóficos gregos*. Lisboa: Calouste Gulbenkian, 1983.

PLATÃO. *Crátilo*. Lisboa: Livraria Sá da Costa, 1963.

——. *Êutifron/Apologia de Sócrates/Críton*. Lisboa: Imprensa Nacional-Casa da Moeda, 1993.

——. *Fédon*. Coimbra: INIC, 1983.

RANCIÈRE, Jacques. *A partilha do sensível*. São Paulo: Editora 34, 2012.

RICOEUR, Paul. *O discurso da ação*. Lisboa: Edições 70, 1988.

——. *Teoria da interpretação*. Lisboa: Edições 70, 1988.

RODRIGUES, Nelson. *Teatro completo*. Rio de Janeiro: Editora Nova Fronteira, 1981, v.1.

ROSENFELD, Anatol. *O teatro épico*. São Paulo: Perspectiva, 1985.

SANTIAGO, Silviano. *Nas malhas da letra*. São Paulo: Companhia das Letras, 1989.

SANTOS, Boaventura Sousa. "Para além do pensamento abissal: das linhas globais a uma ecologia dos saberes". In: SANTOS, Boaventura Sousa & MENESES, Maria Paula (orgs.). *Epistemologias do Sul*. Coimbra: Edições Almedina, 2009.

SCHILLER, Friedrich. *Textos sobre o belo, o sublime e o trágico*. Lisboa: Imprensa Nacional/Casa da Moeda, 1997.

STELARC. "Das estratégias psicológicas às ciberestratégias: a protética, a robótica e a existência remota." In DOMINGUES, Diana. *A arte no século XXI (a humanização das tecnologias)*. São Paulo: UNESP, 1997.

SZANIECKI, Barbara. *Estética da multidão*. Rio: Civilização Brasileira, 2007.

TARDE, Gabriel. *A opinião e as massas*. São Paulo: Martins Fontes, 1992.

TAUNAY, Afonso d'Escragnolle. *Monstros e monstrengos do Brasil*. São Paulo: Companhia das Letras, 1998.

TELES, Gilberto Mendonça. *Vanguarda européia e modernismo brasileiro*. Petrópolis: Vozes, 1986.

TORRANO, Jaa. "Introdução". In HESÍODO, *Teogonia*. São Paulo: Massao Ohno, 1981.

——. “O mundo como função de Musas”. In: HESÍODO. *Teogonia – a origem dos deuses*. São Paulo: Massao Ohno, 1981.

VIEIRA, Pe. Antônio. *Sermões*. São Paulo: Hedra, 2000.

VIRNO, Paolo. *Virtuosismo e revolução*. Rio de Janeiro: Civilização Brasileira, 2008.

VIVEIROS DE CASTRO, Eduardo. *Metafísicas canibais – elementos para uma antropologia pós-estrutural*. São Paulo: Ubu Editora/n-1, 2018.

WAGNER, Richard. *A obra de arte do futuro*. Lisboa: Antígona/Editores Refractários, 2003.

WINNICOTT, D.W. *O brincar e a realidade*. Rio: Imago, 1975.

2024 © Numa Editora
2024 © Carmem Gadelha

Trágico teatro contemporâneo

Capa
Hayle Gadelha

Edição
Adriana Maciel

Produção editorial
Jul

Projeto gráfico
Maria Luiza Simões

G124t Gadelha, Carmem

Trágico teatro contemporâneo / Carmem Gadelha.

Rio de Janeiro: Numa Editora, 2024.

260 p. ; 16cm x 21cm.

Inclui bibliografia e índice.

ISBN: 978-85-67477-66-4

1. Teatro. 2. Teatro contemporâneo. I. Título.

2024-1206 CDD 792
CDU 792

Elaborado por Vagner Rodolfo da Silva - CRB-8/9410

Índice para catálogo sistemático:

1. Teatro 792

2. Teatro 792

Este livro foi composto em Georgia
e Bebas Neue, e impresso em papel
pólen natural 80g/m2 para a
Numa Editora, em 2024.